张炜

描花的日子

人民文学出版社

图书在版编目(CIP)数据

描花的日子/张炜著. —北京：人民文学出版社，2017

(我们小时候)
ISBN 978-7-02-012706-1

Ⅰ. ①描… Ⅱ. ①张… Ⅲ. ①散文集-中国-当代 Ⅳ. ①I267

中国版本图书馆 CIP 数据核字(2017)第 080747 号

丛书策划：陈　丰
责任编辑：卜艳冰　李　殷
封面设计：汪佳诗
插　　图：杨　猛

出版发行	人民文学出版社
社　　址	北京市朝内大街 166 号
邮政编码	100705
网　　址	http://www.rw-cn.com
印　　制	山东德州新华印务有限责任公司
经　　销	全国新华书店等
开　　本	890 毫米×1240 毫米　1/32
印　　张	5.75
插　　页	11
字　　数	110 千字
版　　次	2017 年 5 月北京第 1 版
印　　次	2017 年 5 月第 1 次印刷
书　　号	978-7-02-012706-1
定　　价	32.00 元

如有印装质量问题，请与本社图书销售中心调换。电话:010-65233595

编者的话
大作家与小读者

"我们小时候……"长辈对孩子如是说。接下去，他们会说他们小时候没有什么，他们小时候不敢怎样，他们小时候还能看见什么，他们小时候梦想什么……翻开这套书，如同翻看一本本珍贵的童年老照片。老照片已经泛黄，或者折了角，每一张照片讲述一个故事，折射一个时代。

很少人会记得小时候读过的那些应景课文，但是课本里大作家的往事回忆却深藏在我们脑海的某一个角落里。朱自清父亲的背影、鲁迅童年的伙伴闰土、冰心的那盏小橘灯……这些形象因久远而模糊，但是永不磨灭。我们就此认识了一位位作家，走进他们的世界，学着从生活平淡的细节中捕捉永恒的瞬间，然后也许会步入文学的殿堂。

王安忆说："历史是胜利者的历史，记忆也是，谁的记忆谁有发言权，谁让是我来记忆这一切呢？那些沙砾似的小孩子，他们的形状只得湮灭在大人物的阴影之下了。可他们还是摇曳着气流，在某种程度上，修改与描画着他人记忆的图景。"如果王安忆没有弄堂里的童年，忽视了"那些沙砾似的小孩子"，就可能没有《长恨歌》这部上海的记忆，我们的文学史上或许就少了一部上海史诗。儿时用心灵观察、体验到的一切可以受用一生。如苏童所言，"童年的记忆非常遥远却又非常清晰"。普鲁斯特小时候在姨妈家吃的玛德莱娜小甜点的味道打开了他记忆的闸门，由此产生了三千多页的长篇巨著《追寻逝去的时光》。苏童因为对儿时空气中飘浮的"那种樟脑丸的气味"和雨点落在青瓦上"清脆的铃铛般的敲击声"记忆犹新，因为对苏州百年老街上店铺柜台里外的各色人等怀有温情，他日后的"香椿树街"系列才有声有色。汤圆、蚕豆、当甘蔗啃的玉米秸……儿时可怜的零食留给毕飞宇的却是分享的滋味，江南草房子和大地的气息更一路伴随他的写作生涯。迟子建恋恋不忘儿时夏日晚饭时的袅袅蚊烟，"为那股亲切而熟悉的气息的远去而深深地怅惘着"，她的作品中常常飘浮着一缕缕怀旧的氤氲。

什么样的童年是美好的？生长于上世纪六十年代、七十年代动乱时期的中国父母们很难回答这个问题。他们中的大多数人没有团花似锦的童年。"在漫长的童年时光里，我不记得童话、糖果、游戏和来自大人的过分的溺爱，我记得的是清苦，记得一盏十五瓦的黯淡的灯泡照耀着我们的家，潮湿的未浇水泥的砖地，简陋的散发着霉味的家具……"苏童的童年印象很多人并不陌生。但是清贫和孤寂却不等于心灵贫乏和空虚，不等于没有情趣。儿童时代最温馨的记忆是玩过什么。那个时代玩具几乎是奢侈品，娱乐几乎被等同于奢靡。但是大自然却能给孩子们提供很多玩耍的场所和玩物。毕飞宇和小伙伴们不定期地举行"桑树会议",每个屁孩在一棵桑树上找到自己的枝头坐下颤悠着,做出他们的"重大决策"。辫子姐姐的宝贝玩具是蚕宝宝的"大卧房",半夜开灯看着盒子里"厚厚一层绒布上一些小小的生命在动,细细的,像一段段没有光泽的白棉线。我蹲在那里,看蚕宝宝吃桑叶。好几条蚕宝宝伸直了身体,对准一片叶子发动'进攻'。叶子边有趣地一点点凹进去,弯成一道波浪形"。那份甜蜜赛过今天女孩子们抱着芭比娃娃过家家。

最热闹的大概要数画家黄永玉一家了,用他女儿黑妮的话说,"我们家好比一艘载着动物的诺亚方舟,由妈妈把舵。跟妈妈一起过日子的不光是爸爸和后来添的我们俩,还分期、分段捎带着小猫大白、荷兰猪土彼得、麻鸭无事忙、小鸡玛瑙、金花鼠米米、喜鹊喳喳、猫黄老闷儿、猴伊沃、猫菲菲、变色龙克莱玛、狗基诺和绿毛龟六绒",这家人竟然还从森林里带回家一只小黑熊。这艘大船的掌舵人张梅溪女士让我们见识了上世纪五十年代的小兴安岭,带我们走进森林动物世界。

　　物质匮乏意味着等待、期盼。比如等着吃到一块点心，梦想得到一个玩具，盼着看一场电影。哀莫大于心死，祈望虽然难耐，却不会使人麻木。渴望中的孩子听觉、嗅觉、视觉和心灵会更敏感。"我的童年是在等待中度过的，我的少年也是在等待中度过的……一次又一次的失望让我拥有了无与伦比的忍受力。我的早熟一定与我的等待和失望有关。在等待的过程中，你内心的内容在疯狂地生长。每一天你都是空虚的，但每一天你都不空虚。"毕飞宇在这样的期待中成长，他一年四季观望着大地变幻着的色彩，贪婪地吸吮着大地的气息，倾听着"泥土在开裂，庄稼在抽穗，流水在浇灌"。没有他少年时在无垠的田野上的守望，就不会有他日后《玉米》《平原》等乡村题材的杰作。

　　而童年留给迟子建的则是大自然的调色板。她画出了月光下白桦林的静谧、北极光令人战栗的壮美，还有秋霜染过的山峦……她笔下那些背靠绚丽的五花山"弯腰弓背溜土豆"的孩子，让人想起米勒的《拾穗者》。莫奈的一池睡莲虚无缥缈,如诗如乐,凡·高的向日葵激情四射,如奔腾的火焰……可哪个画家又能画出迟子建笔下炊烟的灵性?"炊烟是房屋升起的云朵,是劈柴化成的幽魂。它们经过了火光的历练,又钻过了一段漆黑的烟道,一旦从烟囱中脱颖而出,就带着一种超凡脱俗的气质,宁静、纯洁、轻盈、缥缈。天空无云,它们就是空中的云朵;而有云的日子,它们就是云的长裙下飘逸的流苏。"

所以,毕飞宇说:"如果你的启蒙老师是大自然,你的一生都将幸运。"

作家们没有美化自己的童年,没有渲染贫困,更不是"为赋新词强说愁",而是从童年记忆中汲取养分,把童年时的心灵感受诉诸笔端。

如今我们用数码相机、iPad、智能手机不假思索地拍下每一处风景、每一个瞬间、每一个表情、每一个角落、每一道佳肴,然后轻轻一点,很豪爽地把很多图像扔进垃圾档。我们的记忆在泛滥,在掉价。几十年后,小读者的孩子看我们的时代,不用瞪着一张张发黄的老照片发呆,遥想当年。他们有太多的色彩斑斓的影像资料,他们要做的是拨开扑朔迷离的光影,筛选记忆。可是,今天的小读者们更要靠父辈们的叙述了解他们的过去。其实,精湛的文本胜过图片,因为你可以知道照片背后的故事。

我们希望,少年读了这套书可以对父辈说:"我知道,你们小时候……"我们希望,父母们翻看这套书则可以重温自己的童年,唤醒记忆深处残存的儿时梦想。

我们期待着更多的作家加入进来,为了小读者,激活你们童年的记忆。

童年印象,吉光片羽,隽永而清新。

陈　丰

目 录

上篇

爱小虫	003
看样子不是坏人	011
从头演练	014
痛打花地主	018
宝书	024
捉狐狸	031
大清的人	037
嘴子客	042
有了家口	047
炕和猫	053
专教干坏事的老头	058
洋大婶	070
小矮人	076
坠琴	084
老贫管	088

下篇

独眼歌手	095
描花的日子	102
游泳日	106
粉房	110
说给星星	117
岛上人家	122
大水	128
月光	134
名医	139
战蜂巢	145
笼中鸟	150
打铁的人	154
打人夜	160
杀	167
桃仁和酒	170

上篇

爱小虫

那时候我们不觉得小虫子之类的是坏东西,它们当中的大半都是有趣和可爱的。如果它长了吓人的模样,那么我们和它玩一会儿就不再害怕了。大人往往讨厌它们,一见就驱赶拍打,有时还要喷洒农药。大人想的是自己的事。

我们这些人长大了也会像他们一样吗?或许是的,因为到后来我们果然不太喜欢它们了。不过等我们长得更大时,又有些喜欢它们了,却一直没有像小时候那样喜欢。

谁比我们当年见过的昆虫更多?这大概只有昆虫学家了。我现在不能一口气把它们全说一遍,因为那实在是太多太烦琐了,如果只说说其中的几十分之一,也要记下整整一大本。

在海边林子和野地里活动,谁也无法避开它们。它们在灌木和草叶间忙碌,筑窝,吃东西,嬉戏,过得很快活。有的会唱歌,比如蝈蝈和蛐蛐;有的漂亮得令人惊叹,比如蝴蝶。还有无比危险的家伙,那是毒蜂和蜘蛛之类,人人都要小心地避开——不过就连它们也给人特别的乐趣,使大家历险之后还能绘声绘色地对人描述一番。

有一种后背上闪着金属光亮的、长得极其精致的硬壳虫,可能就是书上说的"金龟子"的一种,有一段时间真是把我们迷住了。背上有亮光的昆虫倒是很多,它们有大有小,各种各样,有金色、绿色、红色的,还有黑色和蓝色的,简直数不过来。但这里说的是一种极品,因为太稀罕而格外宝贵——我相信其他地方一定没有。

它们大多数时间闪着钢蓝色,如果被阳光从特别的角度照射,却又能变幻出无数的颜色,就像彩虹一样。它们一般比黄豆大一点、比花生米小一点,我们叫它"钢虫"——不仅初一看颜色像钢铁,而且整个就像金属铸成的。

这世间凡是最好的东西总是少而又少的。我们即便专门在林间草地上找多半天,也只会收获一两只"钢虫"。这愈发使我们感到它的宝贵了。我们捉到它们就小心地收在小玻璃瓶里,不时地迎着阳光看一会儿,大呼小叫一番,然后装在贴身口袋里。

这儿有世界上最大的蝴蝶,一到春天,说不定什么时候就有一只浅绿色的、像碗口那么大的蝴蝶飞过来。大家一见它就不顾一切,欢呼着往前追——它总是不急不慢地飞着,渐渐飘到树梢那么高,让人干着急没有一点办法。

描花的日子

"钢虫"是我们采蘑菇时发现的。那时它们伏在草梗上一动不动，有人伸手推触一下，它们才会慢吞吞地移动几毫米。它们在阳光下闪烁出七彩荧光，就像随时都要燃烧起来，让我们连连惊叹。

这世间凡是最好的东西总是少之又少的。我们即便专门在林间草地上找多半天，也只会收获一两只"钢虫"。这愈发使我们感到它们的宝贵了。我们一捉到它们就小心地收在小玻璃瓶里，不时地迎着阳光看一会儿，大呼小叫一番，然后装在贴身口袋里。

我们当中有个叫"黑汉腿"的同学特别能捉"钢虫"，最多的时候他曾经拥有过十一只。他用两只"钢虫"换过同学的一把卷笔刀、一块带香味的橡皮，想一想真是一桩不错的买卖。

"黑汉腿"个子最高，胆子最大，几乎没有不敢干的事情。海边林子里的古怪东西多了，他这人什么都不怕。平时家里大人总是叮嘱自己的孩子："别跟那个'黑汉腿'混。"一些耸人听闻的坏事经常与他的恶名连在一起，其实大半都来自道听途说。不管是谁，只要和他在一起的时间长了，都会多少喜欢这家伙的。

有一次我们在海里游泳,一个人被海里的毒鱼蜇了,痛得呼天号地,紧急关头"黑汉腿"驮上他就跑。园艺场诊所的医生说再晚一点那人就没命了。这家伙的两条腿又粗又黑,皮厚,跑起来荆棘扎都不怕。他力气大、讲义气,一年里也干不了多少坏事,像偷园艺场的苹果、欺负小同学之类,不过是偶尔才做几次。

他敢逮一些稀奇古怪的昆虫,连有名的大毒蜘蛛都敢去碰。像有一种叫"老牛背"的黑黄花纹相间的大毒蜂,传说是最毒的东西了,他竟然一伸手就把它捏住了。还有一次他捉到了一只很大的甲虫:长若十五公分,神气无比,两只长角扬着,就像戏台上武生的两根雉鸡翎子;额头上长了月牙刀,黑色硬翅满是白点。"黑汉腿"夸张地给它的脖子上拴了一根织网用的尼龙丝,像牵狗一样牵着它走上街头,引得许多人都围着看。

村里人告诉我们,这种大甲虫的名字叫"水雾牛",只有在罕见的大雾天里才会从阴暗角落里爬出来,发出哞哞的叫声,像老牛的声音。"半夜里我听到叫声了,赶紧披上

描花的日子

衣服出门,这才逮住了它。当时它一脚把我踢翻了,我揪住它的翎子才爬起来,又骑上它的背……"我们都知道"黑汉腿"在骗人,不过却没有谁反驳他,因为这种夸张的说法听起来真带劲。

"黑汉腿"擅长对付任何东西。比如逮蚂蚱——这听上去是极平常的事,可实际做起来却远没有那么简单,因为这里不是说逮一般的蚂蚱,而是要找其中的宝贝。真正的宝贝是"大王蓝",它的个头是一般蚂蚱的三四倍,强壮有力,两条腿上长了锐利的尖刺。它一纵就是十米,一展翅就是二十米,要逮住它可不容易。传说有个村里汉子脾气倔强,发誓要逮住一只,结果从村西头开始追,一直追到十里外的西河岸,累得一口气没上来,差点死在了河堤上。这种蚂蚱是从几千里外的关东山迁移过来的,据说胸脯上写了一个"王"字。

我们都想拥有一只"大王蓝",不知白费了多少力气——不是半路被它甩掉了,就是逮时被它的两条刺腿扎得双手流血,谁也没成功。最后还是"黑汉腿"拥有了一只,他见到我们,就让它驯顺地仰躺在掌心里,露出肚腹让大

家看个仔细。我们都想从它胸部复杂的纹路上找出一个"王"字，可惜怎么也找不到。

　　这儿有世界上最大的蝴蝶，一到春天，说不定什么时候就有一只浅绿色的、像碗口那么大的蝴蝶飞过来。大家一见它就不顾一切、欢呼着往前追——它总是不急不慢地飞着，渐渐飘到树梢那么高，让人干着急没有一点办法。

　　"黑汉腿"做了一个高竿捕网，总算捕到了一只。这么好的大蝴蝶，一下近在眼前了，属于我们了，我们却不知用什么喂它——不知道它吃什么喝什么，养了一两天只得放走。

　　大蝴蝶最爱往苹果园里飞，所以我们叫它"苹果蝶"。

　　还有一种比"苹果蝶"小一些、长了黑色花纹的蝴蝶。我们逮到了一只，端量一番之后大吃了一惊：它的花纹就像狸猫脸上的纹路一模一样，简直没有一点差错。我们就叫它"猫脸蝶"。

　　"苹果蝶"和"猫脸蝶"是整个海边最大最漂亮的蝴蝶了，谁看到它们都会兴奋得又跳又叫。

　　这么漂亮动人的好东西是哪儿来的？说出来没人

描花的日子

信——它们有段时间是藏在沙子里的,原来就是一种蛹,紫红色,傻乎乎的,很老实,第一眼看去还以为是一枚大枣呢。可就是它,转眼一变就会高高地飞在天上,这有多么奇怪、多么了不起啊!

螳螂是一种武士,长了两把长刀,一看就知道要随时擒拿敌人。可我们从来没见它们格斗过。螳螂有大有小,有不同的颜色,有的碧绿,有的紫红,有的灰白,有的深棕。最大的螳螂有绿色的肥肚、紫色的翅膀。家里人说:"捉个大紫螳螂吧,放进蚊帐里,它会整晚为你逮蚊子。"我们真的捉了放在蚊帐里,可谁也没见它逮过一只蚊子。

沙地上有些漏斗状的小坑,我蹑手蹑脚走到跟前,然后蹲下,用小拇指甲一点一点挑出沙子……挑啊挑啊,渐渐就出现了一只长了小钳子的白色肉虫——它一露面就扬着小小的武器,可是谁也伤害不了,肥肥的憨憨的,很好玩。

我们查过书,这才知道它叫"蚁狮",就是逮蚂蚁的"狮子"——身体比蚕豆还小的"狮子"。原来它旋出的一个个沙漏斗,专等着蚂蚁掉进去,那时它就会紧紧地钳住猎物。

关于它,更惊人的故事还在后边,说出来谁都不会相信:"蚁狮"待在沙子里吃蚂蚁,一直吃到肥肥胖胖,等长大了的一天,瞅准一个春天摇身一变,就变成一只绿色的蜻蜓,飞到天上去了。

这真是太神奇了。原来它藏在沙子里,默默地为将来的某一天起飞做准备。这真是一种志大无比的小虫啊!它的耐性大得可怕。不过对于蚂蚁来说,它也太阴险了。

初中二年级的时候,我们班来了一个转校生,是个小姑娘,叫肖聪。因为她长得非常好看,大多数男同学都不太和她说话。有一天课间操,"黑汉腿"瞥她一眼,然后慢慢走近了,把装了"钢虫"的玻璃瓶掏出来,迎着阳光看了一会儿,突然大声嚷道:

"我爱小虫(肖聪)!"

描花的日子

看样子不是坏人

上初中前,我的手总是莫名其妙地发痒。两只手因为痒得闲不住,总想干点什么。我在擦得干干净净的玻璃窗前看了一会儿,就拿起一支小擀面杖,轻轻一挥就砸碎了窗子。

母亲回家看了感到很惊讶,问我这是怎么回事,我说是自己砸的。"为什么要砸?"我也说不上来,因为我真的不知道。我只是用力搓着两手,不知该不该说出它们总是发痒的事情。

母亲实在没有办法,也无法理解,只好训斥了我一顿。

有了那一次的经验,我后来就不想那么坦诚了。比如有一天我看着父亲种的葱绿的蒜苗,就忍不住走进了整齐的田垄。我先是低头看了一会儿,然后两手忍不住就想干点什么——我随手拔掉了几棵蒜苗扔在垄上。

父亲种植了这些宝贝让全家都很高兴。他闲下来就为菜畦松土除草,脸上是极满足的样子。这天他回到家,一眼看到被拔掉的蒜苗,先是一愣,接着就叫起来。

我被喊过去。"这是不是你干的?"我咬着嘴唇,没有承认也没有否认。可是父亲让我脱下了鞋子,然后将它们一丝不差地放在了田垄的脚印上面。

"你为什么要这样干?为什么?"父亲愤怒至极。我回答不出,因为我那会儿真的不知道为什么。

父亲问不出,就教训了我一顿。他下手很重。我哭了,有泪无声。我心里十分委屈,因为我真的不想干任何坏事。

我的泪水干了。父亲抱歉地搓着手,这手刚刚揍过我。他把手背到身后,大概不好意思了。

不过事情并没有这样算完。接下来的一段时间里,

描花的日子

父亲一会儿看看田垄里被拔掉的宝贝,一会儿又看看我。

　　父亲端详着我,在一边踱了几步,认真地打量着我,皱皱眉头,又绕着我转了半圈。最后他盯着我的脸站住了,咂着嘴,咕哝道:"怪了,看你长的模样,也不像个坏人哪!"

从头演练

当年最激动人心的事就是看电影了。放电影的人带了一整套家伙,在野外场院上挂起雪白的幕布,架起一台放映机,好事就该开始了。

那是真正的节日。"演电影的要来了!"这样一句传言最令人不安了,我们只要听到这样的话,就再也无心上学,无心干任何事,只能眼巴巴瞅着场院,盼着那里挂起白色的幕布。

我们旁边的林场和园艺场、五七干校,都有一个很大的场院,是放电影最多的地方。我们有时被一个谣言骗得东

描花的日子

跑西颠、浑身是汗，结果白白忙活了大半夜，什么也看不到。

看得次数最多的电影是《地道战》，我认为这是世界上最迷人的故事。一群人头扎白毛巾，钻进地洞里，神出鬼没地跟敌人战斗，直到取得最后的胜利。那些场面太熟悉了，太棒了。

放映队从五七干校转到园艺场，再去附近的村子，我们一直紧跟不舍。不记得看过了多少场，最后连电影上的每一个情节、每一句对白都背得上来，而且绝没有一丝差错。

后来大家想出了一个办法：从头把《地道战》演一遍。这个主意真好，所有人无不赞成，全都喊着要参加。

我们一伙人跑到林子深处，在大白杨树间找了一块空地，然后就开始了演练。"黑汉腿"主动扮演了鬼子大队长，他的好朋友当了汉奸司令，竖着大拇指夸他，重复电影里的那句话："高，高，实在是高！"

大家捆上白毛巾，背上木头枪，就成了民兵。有短枪的是武工队长，腰上扎了树根、走路弓腰的是老村长。最激烈的就是老村长与鬼子大队长的那场斗争了，我们的排演也是最认真最投入的。

演老村长的是我们当中最胖的一个家伙,外号叫"山抬炮"。他的大圆脸配上白毛巾,怎么看都像电影中的那个人。

鬼子进村了。老村长夜间出来巡查,躲在大树后面,发现了敌人,立刻飞跑起来。他要跑去村里的那棵大槐树下敲钟,通知全村的人。

电影中本来是伴有音乐的,老村长要在急促的音乐中奔跑。可是这对我们来说一点都不难——有一个嗓门尖亮的家伙可以从头到尾给电影配乐,而且调门一丝都不会差。

老村长在音乐声中跑啊跑啊,"黑汉腿"一伙就在后边紧追。这个场面太精彩也太紧张了,无论是"黑汉腿"还是"山抬炮",都不愿轻易停下来,结果跑的时间比电影上要多出一两倍。事实上这段表演也是最成功的。

音乐总算停下了,老村长跑到了大槐树下。他快速解下钟绳,一下一下敲钟。"黑汉腿"扬起手电照着敲钟人,说出了那句经典台词:"嗖嘎——"

"山抬炮"突然扔掉钟绳,猛地从怀中掏出一支手榴弹。这是一个高举手榴弹的英雄形象,"山抬炮"演得

描花的日子

毫不含糊。"黑汉腿"一伙有的趴下,有的抱头鼠窜。

一旁配乐的人发出了震耳欲聋的爆炸声,然后又急急地奏响动人的音乐。

战斗进入了最艰难的阶段。女民兵队长领人学习毛主席的《论持久战》,这之后战争才胜利了——电影上立刻响起了女声独唱:"主席的话儿记呀心上……"这歌唱得太好了,当然同样来自那个配乐人。他的嗓子又甜又软,比女人还要女人,谁能想到刚刚这嗓子还发出过当当的敲钟声、隆隆的爆炸声。

我们从头演了几遍《地道战》,一直藏在林子深处,后来都觉得这样的演出很值得炫耀一下,就来到了林场和村子里。

人们围着我们看,这种感觉令人难忘。

最初人们免不了要发出几声嬉笑,但后来就严肃了。每一次"山抬炮"在音乐声里奔跑时,都会换来一阵阵喝彩声。

我在演出中背了一把木头驳壳枪,是武工队长。

痛打花地主

当年的两件大事是最能吸引人、最让人不能忘记的：一是追着串乡的放映队看电影，二是去听忆苦会。前一件事让人高兴，后一件事让人难过。

忆苦会在村子里、林场、园艺场、五七干校和我们学校召开，每年要开几次，轮换进行。一听说要开忆苦会，大家都奔走相告，传递着不同的消息：这次来忆苦的是个老太太，两眼看不见，那是被地主害瞎的；她已经在全县做过一百场了，是顶有名的人。另有人说：将要来的是一个年纪不大的姑娘，她是代表父母、舅舅和舅母来忆苦的，她

描花的日子

的所有亲人全被万恶的旧社会欺负死了，她这会儿要亲口讲给大家听听。还有人说，要来忆苦的是个独身男人，他被地主打断了三根肋骨，这回要从头详细讲一遍……

各种传说让我们激动不安，吃饭都不想坐在桌前，惹得家里人大声呵斥："好生吃饭，听会有劲儿！"

听忆苦会和看电影不同，那真的是很累的。因为听一会儿就要站起来呼口号，一个人喊大家随上，或轮番喊，直到把另一拨人的喊声压下去。

除了喊口号，还要不停地哭。泪水哗哗流下来，不知从哪儿来那么多泪水。台上忆苦的人说啊说啊，我们就哭啊哭啊，最后哭得连口号都不能呼了。我们嗓子哑了，呼不出了。

一场忆苦会下来，大家总是红着眼睛、哑着嗓子往家走。家里人痛惜孩子，就抱怨忆苦的人，说："也忒能讲了，这样非把孩子哭病了不可。"

其实家里人最该埋怨的应该是学校的老师。因为每一次忆苦之后，老师都要在班上表扬那些最能呼口号和最能哭的学生：

"喊得多响啊……直到嗓子喊不出声了，还举着拳头！"

"看看哭得吧，胸脯都湿了，成了小泪人儿！"

台上忆苦的人大半都是我们熟悉的，因为他们已经在四周做过许多次了，凡是最激动人心的地方我们都知道。比如他（她）讲着讲着把头低下，有两三分钟一声不吭，我们就等着下边了——他（她）猛一抬头就要喊："好孩儿啊，快拿刀给我啊！快拿绳儿给我啊！我不活了……"

有时候他（她）低头时间太长，满场静得让人难受，我们就替他（她）呼喊起来："快拿刀给我啊！快拿绳儿给我啊……"结果，事后我们遭到老师一顿痛斥。

就像看电影一样，我们也会追着忆苦人转上几场。没有经历那样的场面，就永远也不明白"眼泪都哭干了"是什么意思。眼泪有时真的能哭干，喝多少水都不行。

我们因为有经验，每次去忆苦会前都要喝上两大碗凉水。外祖母心疼我，总是让我多喝水。所以在忆苦会上，我到快散场时还能哭出来。

但是，我在一般的忆苦会上可以，如果遇到"二九"他爹就全完了！"二九"他爹是很晚才出现的一个人，因为平

大家捆上白毛巾，背上木头枪，就成了民兵。有短枪的是武工队长，腰上扎了树根、走路弓腰的是老村长。最激烈的就是老村长与鬼子大队长的那场斗争了，我们的排演也是最认真最投入的。

台上忆苦的人大半都是我们熟悉的，因为他们已经在四周做过许多次了，凡是最激动人心的地方我们都知道。比如他（她）讲着讲着把头低下，有两三分钟一声不吭，我们就等着下边了——他（她）猛一抬头就要喊："好孩儿啊，快拿刀给我啊！快拿儿绳儿给我啊！我不活了……"

描花的日子

时沉默寡言,所以当地人都把他轻视了。明明知道他在旧社会受苦最多,但就是没人找他。

谁知道有一天他拍拍膝盖说:"俺也能忆!"他就这样试着忆了一场,差点把场上的几个老太太哭昏过去。这一下他就出了名,结果周围的村子和单位全来请他了。

"二九"他爹忆苦与所有人都不一样,不是一上来就哭丧着脸,而是笑嘻嘻的。他坐在桌前东看西看,还从兜里掏出炒豆子嚼几口,喝一碗开水,然后像拉家常一样不紧不慢说起来。

他细声慢语地讲,谁也想不到后面会有那么多苦。他不喊也不叫,实在忍不住了就站起来,在台上溜达,伸手点着空中说:"你个挨千刀的啊!你个天杀的啊!"

从整个忆苦会的前三分之一处开始,全场就只是哭了,哭得忘了呼口号。大家事后说:"谁这辈子想比'二九'他爹受的苦多,门都没有!"

我们听了一场又一场忆苦会,也想过从头模仿,到林子里办一场,并且渴望着像演练电影那样成功。

任何事情不经过实践是不行的,所以我越来越佩服老师上哲学课讲的话:"真知来自实践!什么都得实践,没有实践全都得糟!"我们轮番上去试了试,尽可能学得像——怎么低头抽泣,怎么喊叫,还像"二九"爹那样用手点画天空……全都没用,下边的人不光不哭,还咛咛笑。这事算是彻底失败了。

不过我们都不甘心。后来大家想出一个办法,就是一定要把心里积下的这些苦和恨发泄出来。听了那么多忆苦会,没有仇恨是不可能的。我们大家都觉得自己的仇恨很深。

我们真想把地主痛打一顿。但是地主很少,而且在四周村子里,他们统归民兵看管。实在没有办法,我们就公推最胖的"山抬炮"装一下地主。

"山抬炮"给推到了台上,让我们揪耳朵捏鼻子,最后我们真的气愤起来,就开始狠狠地揍他。他哭了。

为了让"山抬炮"能当个听话的地主,有人从家里偷出一件棉大衣,翻过来给他穿上。大衣里子是花布的,"山抬炮"立刻变成了一个"花地主"。

他哭丧着脸,穿着厚厚的花布大衣,让人越看越恨。

我们真想把地主痛打一顿。但是地主很少，而且在四周村子里，他们统归民兵看管。实在没有办法，我们就公推最胖的"山抬炮"装一下地主。

"山抬炮"给推到了台上，让我们揪耳朵捏鼻子，最后真的气愤起来，就开始狠狠地揍他。他哭了。

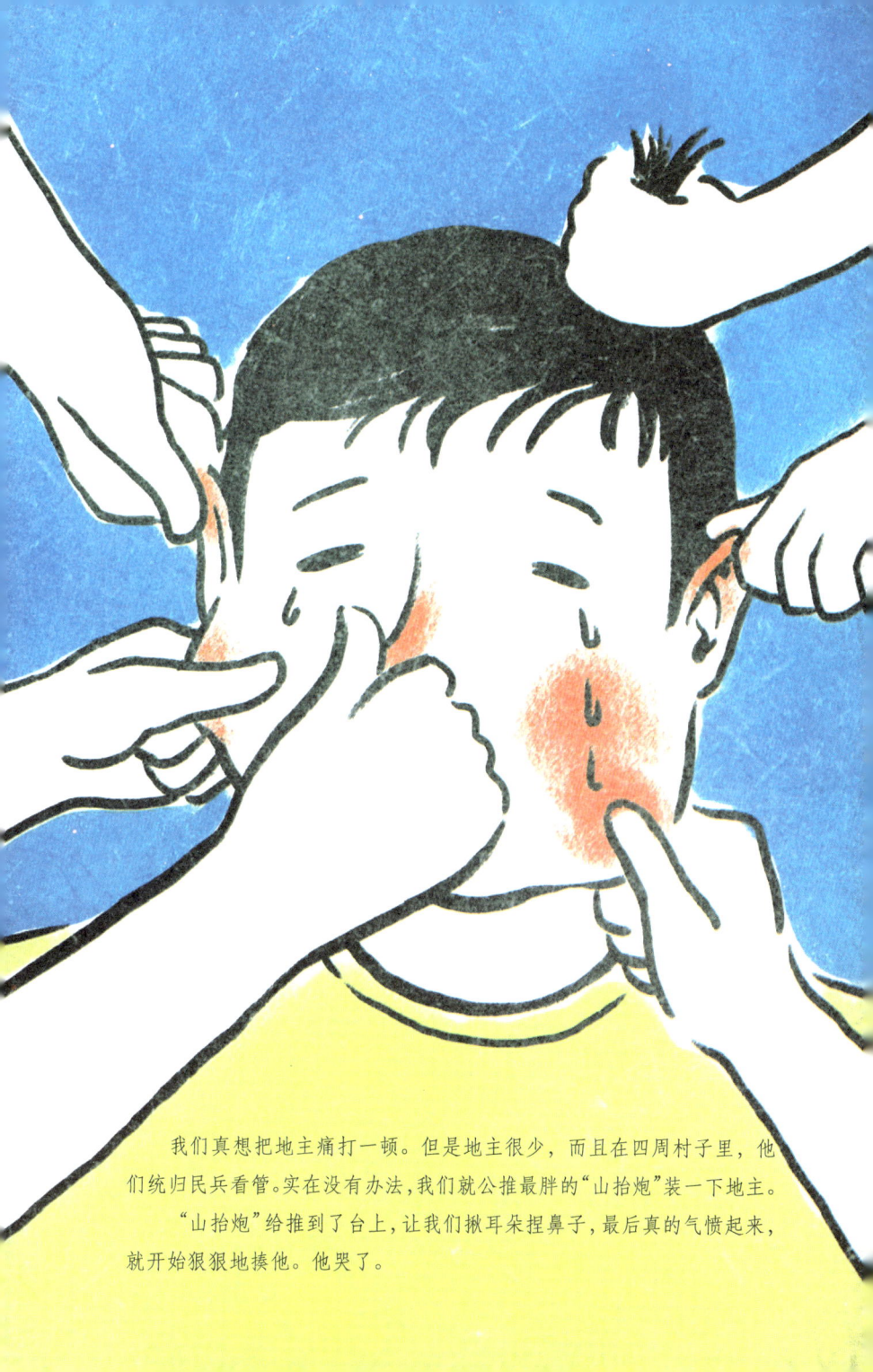

每一支队伍都领到了蒙红布的东西,他们小心到不能再小心、一丝丝地将其移到一架地排车上。拉地排车的牲口头上戴了一朵大红花,有人紧紧揪住缰绳。从那一刻起,大家的一颗心提到了嗓子眼。谁都明白红布下面盖住的就是"伟人像"。我们这一次行动,所有的幸福和激动,还有墙头屋顶上伏着的民兵,都是为了能够顺利地接回这个塑像。

描花的日子

有人忍不住,折一根树条就狠狠抽打起来。由于有厚厚的棉衣包裹着,"山抬炮"一点都不疼。

我们轮番抽打他,骂他,他装出很疼的模样,跳着求饶。

"坚决不饶!就是不饶!"

"你这个挨千刀的!你这个天杀的!"

正打得起劲儿,突然有人上前护住了"山抬炮",伸长两只胳膊拦住大家喊:"俺的大衣破了!"

宝书

　　我暗暗做过一件事，从没跟人讲起，却永远难忘。这件事对我来说是非常重要的。

　　事情的来龙去脉是这样的：学校传来一个消息，说不久以后要发生一件大事——全校师生要拉着队伍去公社开大会，然后接回一尊"伟人像"。

　　谁也无法想象那是怎样的场面、怎样的情形。只是大家都很激动，相互见了面紧紧盯一眼，好像在问："知道了吗？就快了，就快了！"我们可不是一般的高兴和焦急，而是睡梦里都盼着。

描花的日子

一个星期之后,全校师生终于敲锣打鼓出发了。队伍前边有人打旗,还有踩高跷的——这是从外村雇来的老人,我们附近可没有这样的人。他们这些老人是从旧社会学来的本事,能踩在高高的木棍上走路、扭动和唱歌,这得多大的本事啊!

公社的大会场布置得隆重极了,到处红旗招展,歌声震天。会场四周——墙头、屋顶到处都有架枪的民兵;最让人吃惊的是,有一种带大圆盘的"转盘机枪",这会儿也架起来了。

大家都知道民兵在保卫大会。想想看,这个大会该有多么重要。

台上有一溜儿长桌,摆了一个又一个用红布蒙起的东西。大喇叭震得人耳朵嗡嗡响。会议开始了,有人讲话,然后呼口号,一支又一支队伍正步走到台前。每支队伍领头的都穿了黄军装,他们走向红布,立定,打一个敬礼,然后再向领导打一个敬礼。

每一支队伍都领到了蒙红布的东西,他们小心到不能再小心、一丝丝地将其移到一架地排车上。拉地排车的牲口头上戴了一朵大红花,有人紧紧揪住缰绳。

从那一刻起,大家的一颗心提到了嗓子眼。谁都明白红布下面盖住的就是"伟人像"。我们这一次行动,所有的幸福和激动,还有墙头屋顶上伏着的民兵,都是为了能够顺利地接回这个塑像。

队伍跟在地排车后边载歌载舞,一边呼口号一边往回走。一开始只有我们班主任哭了,后来女同学也哭了。我们几个男同学哭不出来,心里十分不安。

"伟人像"被拉回学校,由校长揭开了红布——啊,白的,真白啊。

就在迎回塑像不久,又发生了一件大事:发放宝书。宝书不是每人一本,而是每家一本,由村子或某个部门发放。

所有人家都有了一本宝书,而我们家没有。母亲不说什么,外祖母也不说。父亲阴着脸。后来我才知道,父亲以前犯过大错,所以我们家得不到宝书。

我永远也忘不了那种屈辱感。我害怕了,我们全家都害怕了。

但是在同学们中间,我拒不承认家里没有领到宝书,

描花的日子

而是装出一副得到宝书的高兴样子——我高兴得合不上嘴!

但是得到宝书的人可不光是高兴。我渐渐发现了这一点——所有获得宝书的人都变了。他们更多地待在家里,再也不像过去那样乱跑了,也不会动不动就咧嘴大笑。过去他们一有时间就到林子里采蘑菇,到大街上吵吵嚷嚷。现在大家十分兴奋,只是将兴奋压在了心底。

发下宝书的第二个星期,老师在班上布置作业:背诵宝书。

我听了头上一蒙。因为这样一来我很快就得露馅,大家会知道我们家没有宝书。

这一夜我失眠了。我没有跟家里人说出这天大的苦恼。黎明时分,我总算想出了一个计策。

天一亮我就找到了一个最要好的同学,提出和他一起背诵宝书。对方很惊讶,问为什么,我回答:"我们家里人也要用宝书啊,还轮不到我呢!"

朋友将宝书塞到篮子里,又在上面盖了一层纸、一层白杨叶。我们一起往林子深处走去。

一路上我最想做的一件事，就是赶快看看宝书的模样，但我装出不急的样子。

我们找个空地坐下来。朋友搓搓手，又在裤子上擦一擦，然后将手插进篮子的白杨叶里，说了声"唉"，就把宝书掏出来，又一下抱在怀里。

那一刻我看到了飞快一闪的金光。我搓搓眼，发现原来是薄薄的一本小书：白色封面，上面有长条形的一块红颜色，上面是书名，书名旁边又是小花一样的、更小的几个字……朋友抚摸着它说："'老三篇'啊……我快背上第一篇了。"

我把宝书取到手里，费了好大劲儿才没有让它掉到地上。四周一点声音都没有，连最能吵闹的小鸟都一声不吭了。

我和朋友一起背诵宝书了。我们开口的那一刻，林子里的动物才叽喳起来。它们在用自己的语言背诵，一定是这样。

离开林子时，朋友把宝书收走了。可是那些词句却永远不会从我的脑海里走开，我一遍又一遍默诵，然后小声咕哝。我吃饭背，睡觉也背。父亲母亲，还有外祖母，他们

描花的日子

都慌了,以为我害了什么大病。这种事跟他们无法解释。

整整花了一个星期,我将宝书全文背诵出来了。这个星期只要有一点闲空,我都要和朋友坐到林中空地上。

全班背诵宝书比赛,我背得流畅极了,一个字都没有错。老师在班上说:"我们就该背得好!你们知道吗?南边一个村子有个老太婆八十岁了,没有牙了,还背得一个字都不差哩!"

大家嘴里发出啧啧声。

也就在比赛后不久,有人说公社代销店里摆放了宝书!听了这消息,我激动得满脸通红,长时间听不清任何人说话,心突突跳。

第二天我就到公社代销店里去了,提了一只篮子,篮子里装了白杨叶子。我一头扎进去,一眼就看到架子上摆了一溜儿宝书。我大喊一声:"买……"售货员是个长了络腮胡子的人,他的手正往架子上伸,一听我喊立刻缩了回去,沉着脸说:"要说'请一本'!"

"我'请一本'……"

回到家里天都黑了,我一点都不饿。蚊子嗡嗡叫,我放下有了破洞的蚊帐，点起小油灯。我抚摸了一会儿宝书，又用一块手绢盖上。吹熄了小油灯之后，只要一闭眼，手绢里就会闪出一道金光。我闭紧眼睛，金光还是刺得人睡不着。

　　这样到了下半夜，总也无法入睡。最后我蹑手蹑脚下了炕，找到了一个陶盆，将陶盆扣在了手绢上。

我把宝书取到手里，费了好大劲儿才没有让它掉到地上。四周一点声音都没有，连最能吵闹的小鸟都一声不吭了。我和朋友一起背诵宝书了。我们开口的那一刻，林子里的动物才唠喳起来。它们在用自己的语言背诵，一定是这样。

回到家里天都黑了。我一点都不饿。蚊子嗡嗡叫,我放下有了破洞的蚊帐,点起小油灯。我抚摸了一会儿宝书,又用一块手绢盖上。吹熄了小油灯之后,只要一闭眼,手绢里就会闪出一道金光。我闭紧眼睛,金光还是刺得人睡不着。

描花的日子

捉狐狸

狐狸在哪儿？大家会说一定是在林子里。这是不会错的，它们主要是在那里，因为喜欢树。动物比人更热爱大自然，这是我们都知道的，所以我有一次曾经在作文中写道："我们要像动物那样热爱大自然。"结果，语文老师狠狠批评了我一顿。我至今都不明白自己错在哪里。

但是，狐狸也愿意在村子里溜达，到老乡家里串串门什么的。它们原来也是喜欢热闹的。不过村里人、林场和园艺场的人，全都讨厌狐狸，说这些东西品质很坏，只要来了就干坏事。

它们能干什么坏事？我和同学们都很好奇。按照林场老人的说法，狐狸这种动物实在是太招人恨了，它们其实应该算是人类最危险的敌人。我们听了就问："狐狸和地主，究竟哪个危害更大？"老人们被我们问住了，想了很长时间才恨恨地说："一样坏！"

据他们说狐狸最可怕的是伪装自己，变成美丽的姑娘去迷惑年轻人，或者变成别的什么东西，反正只要是能祸害人的方法，它们都愿试一试。这样讲得多了，大家也就真的害怕起来。我们平时走在街上、林子里，只要见了不认识的、特别好看的姑娘，总要在心头闪过两个字：狐狸。

我们班主任就是个漂亮姑娘，她是从师范学校毕业的，接替了前一个年纪大些的女老师。她站在讲台上，让人觉得她很像狐狸。当然，这是一种错觉。

我的同学"黑汉腿"近期总是上课迟到，被老师一连批评过几次。他每次进教室都很疲倦，好像一夜没睡似的。有一天他又来晚了，打着哈欠进门，被老师罚站了。

课间休息时，"黑汉腿"小声对我抱怨说，一个狐狸缠上了婶妈，叔叔要和狐狸斗，自己一直在帮叔叔，所以夜里

描花的日子

睡觉很少。我听了大吃一惊："还有这事？说说看！"

原来他婶妈被狐狸附身了，总是胡说八道，要治好她的病，就得把狐狸捉住或赶跑。具体办法就是从婶妈身上找到一个跳动的"气泡"，那是狐狸附身的表现。只要冷不防用针扎住了气泡，那狐狸也就求饶了。

"我夜里给叔叔擎灯，他拿着针找……"

我惊得合不拢嘴，头一回听说这事，但又不得不信。我知道"黑汉腿"有欺负同学的毛病，却不会撒谎。我想了一下，建议找几个人一起帮忙，这样就能早些逮到狐狸了。

"黑汉腿"同意了，不过只让我找两三个最好的朋友。

就这样，我们几个人一到天黑就去捉狐狸了。过去我们总以为那种事要带上围网和枪去林子里，哪知道也可以从一个女人身上捉。这事说起来没人信，但真的实实在在地发生了。

"黑汉腿"他叔四十多岁，说话时总是骂人，喝斥我们的灯举得不高、不正。他拿了一根绣花针，手又大又笨，低着头喘气，仔细看着脱了上衣的老婆。她一会儿笑一会儿哭，两手端起乳房吓唬我们。

我们几个看看"黑汉腿",有些不好意思。她的皮肤不太白,粉红色,身体比较胖。"别东张西望,好好瞅,往腋下、脖子上瞅,它就往不起眼的地方钻,狡猾着呢!""黑汉腿"他叔说。

这样捉了多半夜,什么也没发现。大家都累出了一身汗。女人哈哈笑,好像她胜了。男人卷了一支烟抽,盯着她说:"狗东西,真想一顿巴掌揍死你!"话是这样说,他一下都没有打,还给她披上衣服。

"黑汉腿"想起了什么,突然对叔叔大声嚷道:"要不要脱下她的裤子?那气泡说不定就在下边哩!"

这话太有道理了。谁知他叔一听扔了卷烟,骂着说:"胡诌八扯!气泡轻,都是在腰带以上转悠的……你给我看好了!"

捉到凌晨两点,什么收获也没有。大家散开,约定明天继续。

就这样捉了两天。第三天发生了奇迹:正在举灯的"黑汉腿"突然噘起了嘴,盯着叔叔,向一个方向示意——他的目光盯在婶妈左腋窝下边。他叔反应慢,我们却看见了,

34

描花的日子

那儿真的有一个蚕豆大的气泡，一下一下跳动着游走，走得很慢很慢。我紧张得呼吸都停止了，好不容易才转过神来，悄悄用手指了一下。

"嗯！我叫你……嗯！""黑汉腿"他叔终于看准了，一针扎上去。

几滴血珠渗出，气泡不动了。女人立刻尖声大叫，一头歪在炕上，翻着白眼。

"我今儿个就是问你，还敢不敢进这个家门了？还敢不敢？"

女人哀求不止："我再也不敢了！我不敢了！快放了我吧！我不敢了……"

"你到底躲在什么地方？说出来我就放了你！""黑汉腿"叔叔声音严厉得吓人，我们所有人都害怕了。

"我、我说了你们也找不到，我还是不说了！"

"不说？不说那就扎着，疼死你！"

"行行好吧，放了我吧……哎呀疼死我喽，我、我说了吧！我就在林子西头大橡树底下，一大堆乱柴火里面，大草团软软和和是我家……"

"黑汉腿"他叔大骂,搓着手看我们:"狗东西狡猾不?这让咱去哪儿找?狗东西,我看还是扎住你更好,扎上一天一夜,看你疼不疼死!就扎住你!"

"行行好吧,行行好吧!""黑汉腿"的婶妈哀求着,奄奄一息了。

我们难过极了。后来我们一齐替她哀求,说反正它发过誓不再来了,干脆就放它一马,放了它吧。

"黑汉腿"也哀求起来。他叔又抽起了烟,看看歪在一边、脸色发白的老婆,说:"你再发一遍誓我听听!"

"我就是死了也不再来了!谁要说谎天打五雷轰……"

男人叹一口气,把女人扶起,看了看窗外,将针一下拔了下来。

女人像个稻草人一样,轻轻地倒在了炕上,一点声音都没有。"黑汉腿"他叔抓起一床被子给她盖上,搓搓手说:"行了。"

第二天上学时,"黑汉腿"告诉我们:婶妈的病好了,再也没有胡说一句话,一直睡着,睡得可香呢。

描花的日子

大清的人

　　林场旁边有个小村，村里有我最好的朋友"二九"，就是那个"忆苦能手"的孩子。"二九"爹年纪很大，因为他和老伴生"二九"时已经很晚了。有一天我和"二九"正在林子里采蘑菇，突然"二九"坐在地上想哭。

　　"'二九'你怎么了？"我摇晃着他问。

　　"我爹大概快死了。""二九"擦着没有泪水的眼睛说。

　　我不相信，因为前几天还见他爹去园艺场买了半篮子苹果，走路蛮结实的。我说他是胡诌，不吉利的。

　　"二九"说："这是真的，村里上年纪的人都这么说。

别看我爹瞅上去没有毛病，其实活不久了，这得好好端详一下才知道，不信就等着看吧，大约就是这一年里的事。老人们都说：'二九爹吃不上明年的麦子了！'"

我又惊又气，连忙问这是怎么回事，这样说的根据又是什么。

"二九"长叹一声："老人们说他'改了性'了，也就是说行为太反常了，这全不是好兆头……"

"怎么'改了性'了？又怎么反常了？"

"我爹这些年走路不稳，动不动就摔个跤什么的；要紧的是他不喝酒了，也不愿说笑了，还把头发编成了一根小辫，说自己是'大清的人'……"

我愣住了，问什么是"大清的人"。

"我爹说他是'大清朝'过来的人，是这个意思。村里人一听吓坏了，说：'你长在新社会、活在红旗下，怎么会是"大清的人？"你真反动啊！让人出一身冷汗啊！'他们这样吓唬他，他一点都不害怕，还掐着手指头算，说自己是哪一年出生的，算来算去是真的，他就是清朝最后那几年出生的！"

描花的日子

我很长时间没有说话,因为我从来没有想过还有这种怪事。一个人是清朝年间出生的,就是"大清的人"?我有点不信,可也拿不出什么理由反驳。

"二九"说:"我爹这样说行,换了别人早抓起来了。好在他是苦出身,这个都知道;再就是他太老了,突然'改了性'了,也就没人追究了。"

这件事对我的触动太大了。我从此遇到了一个全新的问题,就是人的出生带来的奥秘——到底属于什么人从此也就决定了,并且一辈子都改不了;再就是人到了老年突然行为反常,这叫"改性",是一种最不好的兆头。

为了亲眼看一看这种怪事,我跟"二九"去了他家。他老爹以前见过我多次,只是没有好好说话罢了。但我相信他一定认得我。

谁知老人一点都不认人,笑嘻嘻看着我问:"孩儿是哪旮旯儿的人?"我介绍了自己,同时认真端量老人,想看出他有什么异常。我首先觉得他笑得不自然——太甜了。因为在我不太多的人生经验中,只有小姑娘才这样笑。瞧老人嘴上眼上腮上,到处都是笑。

"二九"反复对他说："他是我最好的朋友,以前多次来过村里、家里,你怎么就不认得了?"老人"哦哦"点头,笑,口水都出来了。

　　我觉得小孩子才笑得流口水。这又是不正常的证据了。我转到老人身后,立刻大吃一惊,他脑后果然有一根细细的小辫子。我差一点叫出来。太怪了,这小辫要多难看有多难看,像小手指那么细,又干又涩像一绺枯草。我实在忍不住,就盯着他的眼问:"大伯,你为什么扎起了一条小辫啊?你又不是小姑娘。"

　　老人的眼一瞪,不笑了。他的食指翘起来对我解释:"你小孩儿家不懂,村里上年纪的人也不懂!我是'大清的人'哪,我们那一茬儿都是扎辫子的啊——人啊,从哪里来就到哪里去,我又得回'大清'那里去了……"

　　我心上一沉,突然想到了"死"这个字。我听明白了,老人说的是他要死了,这不过是个转弯抹角的说法。同时我也注意到了老人的眼睛:眼珠硬得像石头,而且泛着灰蓝色,就像小狗的眼睛。完了,我心里想,村里人的判断一点都没错,也许他真的要永远离开我们了。

描花的日子

与"二九"爹分别时,老人一边用衣袖擦鼻涕一边送行,一直把我送到村口。我走了老远,老人还在那儿望着我。一会儿"二九"追上来,一凑近了就小声问我:"怎么样?我说的不错吧?俺爹要死了。"

我心里难过,但不想说出真实的判断。我点头又摇头,再次回头去望。

"二九"说:"你注意到了没有?俺爹走路就像漂在水上一样。"

说实话,这我倒没看出来。

就在我去看过"二九"爹不久,大约是一个多月之后,老人真的死了。

嘴子客

在我们海边那儿,把最能说、嘴巴最巧、不太务实的人叫"嘴子客"。这既是个贬义词,又多少包含了称赞的意思。凡事有利有弊,一个人能说会道是个大本领,不过又往往令人提防。

据说我们海边这儿盛产"嘴子客"——这里天生出巧嘴,也天生出华而不实的人。不过我们并没有发现自己多么会说,反而常常因为不会表达而苦恼。在班里上作文课时,老师总嫌大家语言不丰富。

在当地,最有名的"嘴子客"叫本林,这个人名气太大

描花的日子

了，是人人佩服的一张嘴。他不光会说巧话，而且高兴了一张嘴就是合辙押韵的一大套，几乎连想都不想就吐成一长串，让人惊奇得不得了。

我们这一伙平时最爱干的几样事情，一是掏鸟窝，二是去海边上看光腚拉网的人，三是看电影、听忆苦会，再就是听"嘴子客"说竹板了。他和一般说竹板的不一样，从来不带竹板，而是直接拍打光溜溜的肚皮，发出噼噼啪啪的声音给自己伴奏。

本林个子不高，长得结实，三十多岁，额上有几道深深的横纹，像老人一样。但是他腮上有两个酒窝，又像姑娘。谁都知道这是一个好人，心眼好，忠厚，干活肯吃苦，又能给大家送上欢乐。

当年电影不是经常能看到，看大戏更难，最方便的就是听本林说上一段竹板。林场和园艺场的工人、村里人，只要想起他来就会嚷："本林哪儿去了？让他给咱们说一段呀！"

本林和大家一样出工干活，不同的是空闲时间还要为别人说竹板。无论是在田边街头，只要看到围了一大堆人，那中间肯定是说得满头大汗的本林。

我有一次好费劲儿才挤进人群,就近听了一遍"嘴子客"。当时他正说到了最热闹最激动的时候,头往前伸着,瞪着大眼,嘴角全是白沫;为了更用力、更方便地拍打肚皮,屁股使劲撅着,一条腿在前,一条腿在后;拍打声一会儿快一会儿慢,一会儿闷一会儿脆,完全为了配合说出的内容。

他在说海边上抓特务的故事。特务从哪里来、怎样在海里划水、上了海岸怎样伪装、长了什么模样,都说得一清二楚。大家兴奋得跺脚。我那会儿对他崇拜到了极点,心想这辈子最想学的就是这个本领了。

在本林嘴里,那个特务长得像一只老鼠,贼眼,尖嘴,不时地用两只前爪搔着胡子,伸了两个门牙磕打。抓特务的民兵快如闪电,指挥员浑身闪亮,手握驳壳枪,最后像老鹰抓小鸡一样把特务擒住了。

人群吐出一口长气,大呼小叫,拍手跺脚喊着:"本林啊,你他妈真是没治了!你是什么怪物生的啊?你活活让俺急死、笑死!"

我和同学前后听过三五次"嘴子客"的表演,最弄不

描花的日子

明白的一个问题是：他是临时编出来的，还是提前编好了背下来的？我们为此争执不下，有人做证说："他是一边说一边编的！因为有好几次村里人为了考验他，就指着旁边随便一个东西，比如镢头，比如南瓜，让他马上说出一段，他真的就说了，而且说得一样好！"

我们无话可说了。这真是一个奇迹！不过说心里话，我们几个最想做的事，就是能够亲眼见证一下，这样才能打消怀疑。

机会真的来了。有一天刚刚下过一场小雨，我们几个出门逮知了猴，想不到正遇上班主任老师，她也出来逮了。她撩一下大辫子蹲在地上找小洞，不太搭理我们。知了猴在油里炸了吃最香了，想不到老师也爱吃，我们很高兴。正忙着，本林走过来了，他肯定也是来找知了猴的。

我们立刻围上他。不一会儿，我们把他引得离老师远一点，央求他为我们说上一段，说我们早就想拜他为师了。他一个劲儿推托，我们就不依不饶。没有办法，他就咕哝说："说吧，说吧——说个什么？"

我们灵机一动，指指远处的老师说："就说她吧，怎样?"

本林敞开了衣怀拍打起来,一边拍一边发出"哎、哎"的声音,只有两三分钟就全编好了,接连不断地说出了一大段:

"哎、哎,大辫子,长又长,一看活像孩儿他娘;知了猴,找得多,回家扔进小油锅;炸一炸,喷喷香,然后再加葱和姜;吃得小嘴直冒油,革命路上争上游……"

我们听傻了。本林越说越急,越说越快,额头上滴下了豆大的汗珠。更奇怪的是,他一边说一边往我们班主任跟前凑,我们不得不赶紧揪住了他。

他好不容易说完了一大段。我们趁他揩汗时问:"你怎么往前凑啊?你不怕她听见?"

本林抱歉地笑笑,说:"对不起,我说着说着就忘了。我只想离她近一些,看得越清楚说得越准啊……"

描花的日子

有了家口

不记得是十五岁还是十六岁,我有了"家口"。什么是"家口"?简单点说就是媳妇,海边人都是这样说的。这是多么让人害羞和暗自高兴的事啊,可惜我有点受不了。我后来甚至害怕了。

这事不是在学校发生的,因为那个地方不可能发生这么大的事——老师和同学都正正规规上课下课,最好的事和最坏的事都不太可能发生。

这是学校放伏假时的事。我们一帮同学一到这时候,就可以在林场、园艺场,在海边尽情撒欢了。夏天放假叫"伏假",外祖母说三伏天里放假,所以就叫"伏假"。可是我脑子里总是想着"伏"在沙子上享受假期。这是真的,我们一到海边林子里就伏在了地上,要不说这是"伏假"嘛!

林场有个叫小碗的女同学做过我的同桌,后来调整座位才分开。我们做同桌时相处得好极了,她给我橡皮和彩色铅笔,我给了她一只带紫花的贝壳。我们分开后,我很不高兴。

小碗也不高兴,有一次课间操时对我说:"我的新同桌喘气像牛一样。"我很满意,接着问:"我喘气像什么?"她认真想了想,说:"大概像羊吧。"我非常满意,因为我喜欢羊。

放假时大家到海边玩,看拉大网的。因为那儿常常有人脱到光屁股,所以我建议小碗不要去。大家都跑走了,只有我和小碗躺在沙地上看天。天上不时有云雀在叫,小碗说:"真好听啊!它怎么就不累?"我说:"它高兴,就不累。凡是高兴的事,干起来都不累。"小碗想了一会儿,说:"你说话真有'哲理'啊!"

"哲理"这个词是老师上个学期刚教给我们的,这会

描花的日子

儿被小碗用在了我身上。我的脸红了。她凑近一点看我，我的脸更红了。

如果能够及时阻止自己脸红就好了，可惜这很难。我越不想脸红，脸就越红。我把脸转到一边。可是我的脸像火烧一样。万万不巧的是大家这会儿正好从海边回来了，他们说说笑笑，谈的是拉网人刚逮到的大鱼。他们正说着，突然就不吱声了。他们在看我和小碗。大约有三五分钟，那个叫"黑汉腿"的家伙做了个鬼脸，喊道："真像小两口啊，说悄悄话！"

这一下引起了所有人的哄笑，他们拍手、跺脚、吹口哨。

整整一天我都不自在，还有一点后悔和害羞。大约到了傍晚的时候，我才有些高兴。我不敢表现出这种高兴。我觉得小碗也是高兴的，反正她没有大声反对什么。

天黑时我一个人在家里待不下，就去林边走了一会儿。天上的星星真大，月亮还没出来。我蹲在一棵大野椿树下想了一会儿小碗，想她的眼睛、眉毛和嘴。我对她翘翘的小嘴十分喜欢。我想人的一生会有一些大事，它原来说发生就发生。

林场、园艺场，还有附近的村子，很快就有人知道了我和小碗好。有一天我去村里找"二九"玩，刚刚进村就遇到了两个纳鞋底的老太太，她们用针锥指点我，小声议论着，我隐约听到了小碗两个字。我加快脚步离开了。可是刚走了不远，一个抽烟的老头笑眯眯地拦住了我，刮我的鼻子，端量说："听说你有了'家口'？这么早？也好。"

　　我没有勇气再往村子深处走，就折回了家。一路上我想：事情闹大了。我最担心家里人发火，最怕父亲揪我的耳朵。我的耳朵比一般同学大，可能就是被父亲揪的。

　　还好，家里人暂时还没有什么反应。这让我多少放心一些了。

　　剩下的事，就是了解一下小碗的态度。我突然觉得目前最重要的就是这件事了，老天，她的态度多重要啊。

　　我想去小碗家，可是不敢进门。我在离她家很近的地方转悠，一直转悠了三天。第四天她出来了，是跳着出来的，看来十分愉快。我赶紧迎上去。可是她一见我立刻不高兴了，脸板了起来。不过她并没有躲开，而是慢慢往前走去。

　　我们在一棵苦楝树下站住了。我一片片揪着树叶玩，不

描花的日子

吭声。这样过了一会儿,小碗抬头看我了。我的脸一下红了。她哧哧地笑。我咬咬牙,终于鼓起勇气说:"他们,都说我有了'家口'……挺麻烦的啊。"

小碗好不容易才止住了笑,说:"就算是'家口',又怎么样?你害怕?"

我一愣,马上说:"不害怕!我最愿意了!我早就……不害怕了!"

"你喜欢我哪儿?"

"你的小嘴。"

小碗不高兴了:"就嘴巴这一样?"

我赶紧否认:"不,全都好的。'小碗',你爹妈知道了会怎样?会打你吗?"

小碗大笑:"他们不知道。就不告诉他们,明年再告诉——他们知道了咱也不承认——咱们明年再告诉他们,说好了,就明年!"

她的胆子真大。我从心里佩服她。好样的,我的"家口"真是好样的。我一下有了勇气和信心。不过我也知道,今后作为一个男子汉大概得承担点什么——有"家口"和没有"家口"当然是不一样的。

　　一种沉沉的、乐于承担的责任，从那天起压上了我的肩头。

这是学校放伏假的事。我们一帮同学一到这时候，就可以在林场园艺场、在海边尽情撒欢了。夏天放假叫"伏假"，外祖母说三伏天里放假，所以就叫"伏假"。可是我脑子里总是想着"伏"在沙子上享受假期。这是真的，我们一到海边林子里就伏在了地上，要不说这是"伏假"嘛。

天黑时我一个人在家里呆不下，就去林边走了一会儿。天上的星星真大，月亮还没出来。我蹲在一棵大野椿树下想了一会儿"小碗"，想她的眼睛、眉毛和嘴。我对她翘翘的小嘴十分喜欢。我想人的一生会有一些大事，它原来说发生就发生。

描花的日子

炕和猫

"狗在地上，猫在炕上"，这是外祖母常说的一句话。她的意思是，猫和狗是两种不同的动物，对待它们要有原则，不能乱来。比如说狗上了炕，她会马上严厉地斥责，让它快些到地上来，不然就打它了。猫蜷在炕上，她从来没有不满意过，有时还主动地把它抱到炕上。

有一段时间，我从学校或林子里回家，第一件事就是看看炕上有没有猫。因为它蜷在炕上的模样早已让人习惯了，觉得那样才是正常的。其实猫也有自己的事情，它常常不在家里，更不在炕上，而是去林子里、去其他地方做点什么。它主要是贪玩，其次是要了解外面的世界。

我发现猫喜欢的地方与我们一帮朋友大致相似，比如林子、园艺场和村子等。它如果不按时到这些地方去转一转，就会寂寞。它还会与另一些猫在一起打打架什么的，这与我们也差不多。

不过猫一定会按时回家，待在炕上。那时候它很正经，好像从来没有胡闹过似的，表情十分严肃。我有时与它一块儿待在炕上，长时间看着它严肃甚至还有些忧愁的小脸，用力忍住才不会笑出来。它在思考什么大事？它沉重的表情让我不好意思将其抱起来嬉耍。

当它低头思索的时候，我们所有人都得承认：它的心事太多了，也许正思索着全世界的大问题呢。它真的像一个智慧老人，长了两撇胡须，永远皱着眉头。我伏在炕上，与它面对面看。这时它一点都不理我，只偶尔半睁眼睛看看我，然后重新闭目思考。

可是我不会容忍它一直这样严肃下去。我要和它玩，无论它愿意与否。我捏捏它的鼻子，亲亲它的额头，握住它又软又小的一对巴掌。在这个世界上，谁的鼻子长得比

描花的日子

猫更好看？圆圆的直直的，还有一层粉细的绒毛，摸一摸有一种美妙的手感。如果把嘴巴贴在这个小鼻子上，会有一种痒丝丝的感觉。

它偶尔也会停止思考，让我玩一会儿。但是它如果正想着某种大事，就一定会千方百计挣脱我，去另一个地方待着。它从炕的这头挪到另一头，有时干脆冲出屋子，跑到灌木丛中，或者爬上高高的树杈，趴在那儿思考。

猫是所有动物——包括人——当中最善于思考、花费思考时间最长的一种。当然它不会告诉别人自己思考了什么，这一点也跟我们差不多——平时谁也不会将自己思考的内容公布出来，除非是写作文。

我在炕上写作文，然后就读给猫听。它听得很认真，一字不漏。读完了，我抚着它的头，想知道它的意见。它先要安静一会儿，接着就舔起了巴掌，一下一下洗脸。我明白，它的这种动作是对我表示最高的赞美。

随着冬天的挨近，猫在炕上待的时间越来越长了。炕洞里有热气，炕上热乎乎的，它伏在炕角打着呼噜。因为家里人都忙，父亲母亲不在家，外祖母也多半时间在院里，这时也就只有猫在屋里了。它守住了一个家,使这里不至于空空荡荡。我背着书包回家,首先向猫报到:我回来了。

狗有时也要钻进屋里,在炕下徘徊。它急得团团转,却不敢上炕。它嫉妒炕上的猫,时不时地将前爪搭到炕沿上看,但最终还是没有跳到炕上。猫对急躁的狗睬都不睬,根本不正眼瞧一下,因为它心里再明白不过:狗是没有资格上炕的。

冬天终于来了。这里的冬天多冷,北风呼呼刮,雪花零零碎碎飘下来,滴水成冰。这个时候无论是园艺场还是林场、周围村子的人,全都躲在家里了。而全家的中心就是炕,炕洞里燃起了木柴,烧得噜噜响。

一家人都坐在炕上抽烟,吃地瓜糖,讲故事。如果有串门的人,也一定请他脱了鞋子上炕,和全家围坐在一起。这时炕上的猫不再独自思考,而是用心听着每一个人讲话。它大概听得懂所有话,一会儿看看这个,一会儿看看那个。

它最爱去的地方是外祖母的怀抱。她抱着它,一会儿抚摸一会儿拍打,有时还要往胸口那儿拢一下。

母亲说:"猫跟你姥姥最好,他们关系最近。"

当它低头思索的时候，我们所有人都得承认：它的心事太多了，也许正思索着全世界的大问题呢。

它真的像一个智慧老人，长了两撇胡须，永远皱着眉头。我伏在炕上，与它面对面看。这时它一点都不理我，只偶尔半睁眼睛看看我，然后重新闭目思考。

一家人都坐在炕上抽烟,吃地瓜糖,讲故事。如果有串门的人,也一定请他脱了鞋子上炕,和全家围坐一起。这时炕上的猫不再独自思考,而是用心听着每一个人讲话。它大概听得懂所有话,一会儿看看这个,一会儿看看那个。

描花的日子

我问:"它和我怎样?"

母亲说:"差多了。它不喜欢你。"

我心里有些委屈。因为全家人谁也没有我花在它身上的时间多,我总是和它玩啊玩啊。"为什么啊?"我问。

母亲说:"你不让它清闲。"

专教干坏事的老头

林场有个看林子的老头,六十岁左右,总是笑嘻嘻的。他一个人在林子里窜,没什么事,平时只和不会说话的树木、野猫之类打交道,肯定十分孤独。所以他见了我们一点都不烦,还请大家到他的铺子里玩一会儿。

他住的这个地方真不错:半卧在土里一截,有锅灶有炕,各种瓶瓶罐罐摆了不少,里面全是好吃的东西。他高兴了就问我们:"想吃什么?"还没等我们开口,他就拧开大瓶子盖,取出酸的甜的给我们吃。

野果被糖水泡着,海蛤也腌了一小坛,还有咸鱼和肉,

描花的日子

有蜜枣。这些东西简直连做梦都想不到。我们吃了,他就挤着眼说:"吃了也就吃了,不准到外面说。"我们问为什么,他说现在的人嫉妒心太强,如果知道这里有这么多好东西,那他就不用活了。"他们会怎么对你?"我们问。他用烟袋杆在脖子上比画一下:

"杀了我。"

他这话当时吓人一跳,后来我想了想,觉得也太夸张了。不过这个老头真不错,对人和蔼,又舍得东西,更主要的是会讲故事。

我们这一辈子可能再也遇不到比这个老头更会讲故事的人了。这些故事据说十有八九是他亲身经历的。不过说真话,我们也没有全信。比如他说亲眼看见云彩上下来一个红毛老头,是雷公,听说他有好酒好肉,就在打雷的间隙里下来讨一口吃。还说半夜有个娘儿们从海里爬上来和他结婚。"她脸上的胭脂味儿太大了,顶得我心口疼。"他这句话就露了馅,谁都知道海水会洗去胭脂的。

老头还吹牛,说自己之所以看了一辈子林场,就因为会功夫。"想想看,上级把这么大一片林子交给咱,也真是放心。为什么?就仗着咱有功夫。"

"功夫"两个字是最吸引人的。因为长期以来听了不少飞檐走壁的传说,就是没能亲眼见到一个有功夫的人。这样的人近在眼前,这是多么大的事!我们都想看一看,想跟他学上一招。

老头在我们的一再央求下,在炕上打了一会儿挺,最后还是爬起来,往两手吐了几口唾沫,攥紧了拳,蹲成马步,往左右狠狠挥了几下。

"就这样了?"我们大失所望。

老头说:"教多了你们也记不住。有的功法太深,小孩子是看不明白的。"

我们一齐说:"试试吧,千万别小看我们,多练几招吧。"老头叹气,很厌烦我们。他咕哝了几句,再次蹲成马步,伸出食指和中指,往一个方向举着,说:"告诉你们吧,这叫'剑指'。"我们问:"'剑指'怎么了?"他说:"这样一指,另一只手里的宝剑就砍过去了,那意思就是说,取你的'首级'!"我们又问:"'首级'是什么?"老头又一次悲伤地叹气:"哎,'首级'就是敌人的脑袋啊!"

描花的日子

我们吸了一口凉气。

老头不再练下去,只说"以后吧",这功夫的事也就放下了。剩下的时间主要还是讲一些乱七八糟的故事,说一些林场和园艺场、村子一些人的事情,这些人早就死了,个别人还活着。他把这些人说得或者吓人,或者笑人,再不就是让人听了脸红。这个人知道得可真多。

我们回家时还一直想着看林子的老头,觉得他太古怪、太有意思了。他的小铺子真是天下最好玩的地方。我们决心保密,这么好玩的去处,谁也不能告诉。

可是有些好事不讲出来心里就会发痒。也因为不小心,我回家说出了那个看林子的老人。父亲看了母亲和外祖母一眼,严肃地说:"以后不要去了,那个人不正经。"母亲和外祖母也沉着脸说:"别去找那个人,那不是好人。"

我后悔说出了他。不过我也多少相信家里人的话。后来见了几个伙伴,他们当中也有像我一样回家说过那个人的,家里人也阻止了他们,理由都差不多,说那个老头不是什么好东西,专教人干坏事。

我们几个害怕了一阵,但几天之后就忘记了,反倒更加想念那个地方。大家不约而同要去看他，都说："这怕什么？他又不吃人。再说了，一个老头再有心眼，还有咱们一伙加起来聪明？咱们什么都不怕。"

我们又去了老头的铺子。老头很高兴，说："我知道你们还得转回来。"他除了照旧慷慨大方地拿出好吃的东西，还给我们变戏法——用一个手绢盖住三颗橡籽，不知怎么就变没了；还将一粒橡籽塞进我的衣领里，说一声"走"，就再也找不到了。正纳闷，他伸手到我的短裤那儿一捏，那颗橡籽就抓到了手里。不过他顺便在我下边按了一下，说这是"橡籽"，让我脸上烧起来。

说实话，与老头相处的这些天里，最让我们信服的还是变戏法这件事，这是真本事。

因为玩得高兴，常常是天黑了还不想走。肚子饿倒也不怕，老头这里吃的东西很多。天色一晚，老头就更有意思了。他一点都不困，两眼比白天还亮，笑得很响。他说自己是和猫头鹰差不多的脾性：特别喜欢黑夜。我们问为什么，他就说：

"咱有一双夜眼。别人黑影里看不见的东西，咱能。咱

"功夫"两个字是最吸引人的。因为长期以来听了不少飞檐走壁的传说,就是没能亲眼见到一个有功夫的人。这样的人近在眼前,这是多么大的事!我们都想看一看,想跟他学上一招。

剑指

随着时间的推移，大家和老头越来越好，也越来越随便。比如憋尿时，过去要跑到大树后面，现在被老头看到了也不在乎。不仅我们这样，老头也是一样，他小便时也不背着我们。有一次他甚至提议让大家站成一排，由他喊一二，一齐开始，看谁尿得更远更高，胜者奖励一把核桃。他在地上划了一条线，我们当中只有一个人尿到了那么远。他有些失望地蹲下看了，说："我和你们这么大时，尿得比你们远多了。"

描花的日子

这辈子在黑影里见过的秘密多了。就因为咱知道的事情多,所以名声就坏——想想看,人这一辈子德行再好,谁还不干一点坏事?咱知道了他的坏事,他能不恨、不防着咱?"

我们对望了一下,突然恍然大悟了!我们这一下明白了:村里、林场和园艺场,所有说老头坏话的,都是因为害怕这个老头啊。

从那时起,我们与老头的情感加深了,也不再提防他了,甚至还喜欢起他来。就这样,我们一有时间就来找他玩,每次都待到很晚。老头从来没让我们失望过,因为他的故事多到了令人没法想象的地步,讲上一天一夜都不会重复。他还对我们说:"人老了记性不好,我如果把讲过的又讲了一遍,你们就拧拧我的耳朵,我就会从头讲新的了。"

我们答应了他,不过一次也没有拧他的耳朵。

随着时间的推移,大家和老头越来越好,也越来越随便。比如憋尿时,过去要跑到大树后面,现在被老头看到了也不在乎。不仅我们这样,老头也是一样,他小便时也不背着我们。有一次他甚至提议让大家站成一排,由他喊一二,一起开始,看谁尿得更远更高,胜者奖励一把核桃。

他在地上画了一条线,我们当中只有一个人尿到了那么远。他有些失望地蹲下看了,说:

"我和你们这么大时,尿得比你们远多了。"

他的话没有一个人怀疑。因为这是一个不同寻常的、了不起的老人。

就因为佩服他,他的话也就格外有理和可信。他有时说腰不舒服,就躺在炕上,让我们轮流踩他的背,他就享受地哼呀着。还有时他会一丝不挂地躺在外面阳光下,让我们用热乎乎的沙子把他埋起来,只露出一个头。他说,这是治病。

有一次他笑嘻嘻地问我们:"有没有欺负你们、又拿他没一点办法的人?"我们几乎异口同声说:"怎么没有?当然有!"

我们首先说到了指挥拉大网的那个海上老大,那家伙经常把我们从鱼锅旁赶开,还骂一些难听的话。我们对他又怕又恨。老头听了撇撇嘴,说:"这个好办。"

接着他慢条斯理讲了几个治服海上老大的办法,让人大开眼界。一是等那家伙睡着了时,往他身侧放一块大鹅

描花的日子

卵石，这样他一翻身就会硌得跳起来；另一个办法更好，不过得几个人相互配合：海上老大平时在海边只穿一条大裤衩子，这时你们就围上他说话，他一定烦得赶人，而你们这会儿就趁机下手了。具体步骤说得详细：

"你们先去林子里找一只大刺猬，这东西很多，不难找。找到了戴上皮手套拿着，藏在身后。海上老大轰赶你们时，你们就挠他逗他，趁他没有防备，赶紧下手——一手飞快揪开大裤衩子的松紧带，另一只手把那只大刺猬放进去，然后抬腿就跑……"

大家笑得肚子疼，都说这方法最好不过，只是有点狠。我们都想到刺猬扎人会多疼。

还有一天，老头说到了喝酒的问题，说他如果钱再多一些，这铺子里会有多少好酒啊！"当然我是不缺钱的，我有工资。我是说你们这些小孩子，恐怕家里大人不会给你们多少钱吧？"

我们点头。他算说到了点子上。

老头咂咂嘴："有本事就不会缺钱，这事得自己想办法。我和你们这么大时，有得是钱。我进海钻河捉大鱼，采药材，怎么都是钱。最省心省事的是卖大辫子……"

他说到最关键的地方反而停住了。我们担心听错了,问了问,没错,是"大辫子"。这真是古怪到极点。再问,他就从头说起来。

"你们不知道,最值钱的东西就是'大辫子'了,越粗越黑越长也就越值钱。女人才有这东西,她们不舍得剪呀,为什么?就因为辫子长了才招眼,喜欢她们的人就多。还有,费了许多年才长这么粗这么长,每天里梳啊理啊,时间长了也就有了感情,所以谁也不舍得剪下它来……"

"为什么'大辫子'值钱?卖给谁?"我们问。

"哪个村的代销点、采购站都收购它。这东西可能上级有大用,反正一条'大辫子'能卖这个数。"他伸出大拇指和小拇指。

"六块钱?"

"咴,六十块钱!不信吧?就这么贵!看起来价钱不低,仔细想一想这样的一条大辫子得长多少年啊!所以说嘛,一点都不贵。那时我知道这个,见了有大辫子的姑娘就讨她高兴,夸她,给她仨瓜俩枣的,说反正辫子

描花的日子

早晚也得剪,不如行行好剪下给我——她要不剪,我就会偷,等她干活特累特困躺下睡着时,用一把快剪刀,咔嚓一声剪了就跑,头也不回……"

我们听得瞪大了眼睛。这事有点玄,也有点惊险。

大家沉默了。这样一会儿,老头笑嘻嘻盯住我们看,说:"咱这一围遭儿我看了,谁也没有你们老师的大辫子好!"

他说得一点不错。刚才他说的时候,我就想到了我们班主任。她的辫子又粗又长,搭到了腰上,而且在阳光下闪着亮。

谁能得到我们老师的大辫子?这事连想一下都害怕。

老头使劲儿撇着嘴说:"她留那条大辫子干什么?不顶吃不顶穿,用来支援国家不好吗?她是不会想得开的……要是我当她的学生,早就给她卸下来了。"

"卸"这个字有点吓人,不过也不过分。想想看,那么粗大的辫子,就像身上驮的一件重物差不多,也许真的需要"卸"才行。

我们都说:"那可不行。那怎么行?谁也没法让老师割下自己的辫子啊!"

老头摇摇脑袋:"那就看想不想办了。真要想办,还有办不到的事?我这里就有两个方法。"

我们一齐喊:"不信不信!"

"那我说说看。比如有两个方法,都能试一试啊。一是看电影的时候,人挤起来是个机会,你们几个说:'老师啊,俺提前占了座位了,去看电影吧!'她就会和你们挨着坐了。提前准备两样东西:一把剪子,一根细绳……"

我忍不住了:"还要捆她?天哪!"

老头一挥手打断我的话:"听着。坐她后边的人拿着剪子,等电影演到最热闹的时候就动手。先将那根细绳拴到辫梢上,然后让远一点的人牵住。这边一剪子剪下,那边飞快一牵就抽走了。她觉得后边缺了什么,回手一摸没了,你往哪儿藏剪下的大辫子?剪刀扔地上就是,大辫子呢?被远处的人抽走了,拿跑了,她也就找不着,怪不得你们旁边的人了!"

我们"啊"了一声,一下明白过来。

老头喝一口水,接着说下去:"另一个办法简单,就是想法溜到她屋里,钻到床底下。等她睡得沉实了,一剪子剪

描花的日子

下,打开门就跑,她什么办法都没有……"

看林子的老头教给我们的办法当然还有许多,都是对付别人的,比如摔跤时怎么捏对手的胯部、怎么将桃子毛吹进女同学的衣领……这些方法听听有趣,真要实施起来就不那么容易了。

至于说塞大刺猬、剪老师大辫子的事,我们大概一辈子都不会去尝试。

洋大婶

　　我们最愿意赶集了。集市总是离村子比较远,而且规模越大离得越远。比如公社驻地那个大村镇的集市最大,其次是离林场稍近一些的四个小集市。

　　集市是人间天堂,那儿要什么有什么。如果有人说世上还有比赶集更好的事,那一定是骗人。这么多人全涌来了,卖东西的、来玩的,还有其他——这得一点点从头说起。一条大街堵满了人,稍大一点的巷子也全是人。谁要在这样的地方不迷路,就得知道许多窍门。

　　首先要弄清集市的"头"和"尾"。再大的集市也有开

描花的日子

始有结尾,如果没头没尾瞎窜,就会走丢。不过只要熟悉了也就好办,这时从哪里穿插进去都能转出来。赶集走丢了的孩子很多,所以家里人总是一遍遍叮嘱。我们几个早成了赶集的老手,什么都不怕。

集市的"头"是卖葱的,一捆捆大葱立在那儿,旁边有香菜白菜和萝卜。集市的"尾"是卖老鼠药的,那儿有一张白布铺在地上,上面摆了制成的老鼠标本,最大的有猫那么大。老鼠药一包包不起眼,它的作用怎样,看看死老鼠就知道了。旁边是老鼠夹子,这是跟了老鼠药走的。

从"头"看下去热闹不断,开烧锅的、打铁的、租书摊,这是集市上的三大"戏眼"。哪儿最香哪儿就是烧锅,一口多大的锅啊!比海边上熬鱼汤的铁锅还大,里面是沸滚的油。什么东西都往锅里扔,一个光膀子的大汉不断地问围上的客人:"吃什么?"吃什么就往锅里扔什么,一会儿用铁笊篱把炸好的东西捞出来,用黑纸一包递给顾客。

打铁的最好看,有人拉风箱,有人烧铁块,有人打小锤,有人抡大锤——我们一开始以为抡大锤那家伙膀大腰圆最了不起,后来才知道拿一把小锤的瘦老头最厉害——小锤落在哪儿,大锤就要砸到哪儿。镰刀成了,斧头成了,镢头成了,都是瘦老头指挥干的。

租书摊上全是花花绿绿的小人书,花几分钱就可以取一本坐在马扎上看。这些书码成一摞一摞,真馋人。一个人如果能拥有这么多书,那就连学也不用上了,关着门一口气看完才好。每一次走过书摊,我们都挪不动腿,但咂咂嘴还得走,因为要转遍整个集市。

集市上应有尽有,就连做梦也想不到的东西都有。我们从来没听说有人买不到他想要的东西。如果买不到,那也是他不会找。从"头"转到"尾"还不够,还要转到更弯曲的小巷子里,那里的怪事就更多了。比如割鸡眼的,治秃子的,卖挖耳勺的,卖膏药的……这些说也说不完。

除了买卖东西,集市上还常常发生更惊人的大事,能不能遇上就要看运气了。比如"游大街",从"头"游到"尾",让大伙儿一直跟上看,眼都不眨一下。几个背枪的人在前边开路,另一些背枪的人押着几个五花大绑、脖子上挂了牌子的坏人。这些坏家伙年纪有大有小,大的八十岁不止,小的只有七八岁,全都长得难看。

集市是人间天堂，那儿要什么有什么。如果有人说世上还有比赶集更好的事，那一定是骗人。这么多人全涌来了，卖东西的、来玩的，还有其他——这得一点点从头说起。一条大街堵满了人，稍大一点的巷子也全是人。谁要在这样的地方不迷路，就得知道许多窍门。

一个"洋大婶"坐在地上卖花线,花花绿绿的丝线摆了一排,真是漂亮极了!我们蹲在那儿看,摸摸这个动动那个,并不想买。"洋大婶"叼着烟卷看着我们,只不说话。"黑汉腿"模仿着电影中的日本人,竖起拇指对她说:"你的,大大地好!"洋大婶马上板起脸:"你这孩儿,好生跟大婶说话!"

描花的日子

只要铜锣一响,大喇叭嚷起来,我们就知道来了游大街的。集市上所有人都精神起来,脖子伸着往一个方向跑,除了留下看摊的,卖东西的人也跑开了。我们尽可能挨得近一些,因为首先要看清坏人脖子上挂的纸牌,弄清这坏人叫什么、年龄多大、所犯罪行。他们的胆子可真大啊,偷盗、放火、强奸、反革命、地主……杀人犯倒不多,看十次游街的,大约只能遇上一两个。杀人犯要戴手铐脚镣,后衣领上还要插一个木板,上面打一个大大的红叉。

这些坏家伙游过大街以后,就要押回牢里,然后等下一个集市再拉出来。

最让人难忘的是一个八十多岁的老头,还有一个三十多岁的女人。他们纸牌上都写了"强奸犯"三个字。有人指点他们说:"瞧瞧,多歹毒啊!"另有人摇摇头说:"怎么会呢?莫不是搞错了?"有个戴眼镜的中年人马上反驳道:"对这种事要辩证地看。"

从那时我们明白了:对古怪的事要用古怪的眼光看,这就是"辩证地看"。

集市上有这么多热闹,其实更有趣的还是去看"洋大婶"。她们是外国人，年纪在四十左右，也有更年轻或更年长的。这些人进了集市，无论多么拥挤都能让人认出来，因为头发不一样，眼神不一样。她们最愿意赶集，远远近近的集市都会去，不是买东西就是看热闹。

"洋大婶"不开口说话时，会让人觉得很疏远，可是一开口就近了，她们和当地人分毫不差，而且满口土语。原来她们从老一辈就来到了当地，都是本地出生的，有的还嫁了当地男人。

一个"洋大婶"坐在地上卖花线，花花绿绿的丝线摆了一排，真是漂亮极了！我们蹲在那儿看，摸摸这个动动那个，并不想买。"洋大婶"叼着烟卷看着我们，只不说话。"黑汉腿"模仿着电影中的日本人，竖起拇指对她说："你的，大大的好！""洋大婶"马上板起脸："你这孩儿，好生跟大婶说话！"

"黑汉腿"的脸立刻红了。

回到家里议论起这些"洋大婶"，母亲说："她们都是几十年前漂洋过海来的，老家远了，先到海参崴，再到东北，坐船过了海湾，下了船就是咱们这儿。她们是逃难来的，原

描花的日子

先家境富裕。不过那边富裕人家不好过，她们就跑到这边了，一代代过下来……不容易啊！"

我心里一下同情起她们来了。我小心地问道："她们，就是'洋大婶'，出身成分怎么定？"这才是我担心的事情。

外祖母说："她们早就没有财产了，穷得叮当响，现在都是'贫农'。"

我悬着的一颗心落了地。还好，"洋大婶"如果是"地主"那该多麻烦，"外国地主"——想都不敢想。

小矮人

附近村子里有一个名声很大的怪人,提起他没人不知。这个人叫常敬,个子只有一般人的一半左右。不过他事事要求进步,已经成为管事的人。听说他除了管自己的村子,还多少要管别的村子。

村里人说到不能以貌取人的道理,总是以常敬为例:"才多大一点的人,就这么有本事,连那些人高马大的人都得归他管。"这倒是真的。不过在暗地里,说到人的坏,他们也要以常敬为例:"这个人太狠了,早晚不得好死。"

常敬是掌管武装的人。当年海边这儿也算边防,所以

描花的日子

武装很重要。上级每年都布置抓特务的事,连我们班主任也要谈到这个,那是学校的统一规定。她在讲课之前使劲撩开那条大辫子,擦擦鼻尖上的汗说:"同学们,你们到海边玩一定要提高警惕,遇到可疑的人就要回来报告;他如果向你们打听秘密,千万不要告诉他。"

我们听在了心里,却有许多疑惑。一是特务年年防,从未发现一个。再就是谁也不知道该向特务瞒住什么秘密。说心里话,任何事情光说不练是挺烦人的,我们还真的盼望有少量特务能来,只是没有说出来。

我们曾经问过村里人:"特务什么样子?怎样识别?"这是大家最关心的,因为平时在海边林子里遇到的生人太多了,怎么知道他是不是特务呢?

一般人是无法回答的,只有参加过训练的民兵才说得出一二。他们讲:"第一,特务是外地人,所以口音很怪;第二,背了大包,因为远道来执行任务,要带不少零碎东西,什么刀子雷管无线电之类;第三,又黑又瘦,海腥气很大,因为他们都是从海里爬上来的,和一般人不一样。"

这几条记住不难,应用起来却不那么简单。比如我们去林子里玩，遇到不止一个符合那几条的，于是就跟上去，最后发现不过是林场、园艺场的新工人，他们是外地人，背个大包，口音与当地人也不同。

常敬多年来都是专注于抓特务的人，在海边林子里神出鬼没，有好几次差一点就成了。他个子矮，便于隐蔽；但身子宽，肌肉发达，力量是一般人的两三倍，所以一旦遇到突发事件，他会从树隙里一纵扑上去，谁也不是他的对手。

他逮过好几个可疑的人，审不出结果，就押到公社武装部了。据说其中的一个差一点就算特务了——虽然他不是从大海对面泅上来的，却是附近一个岛上的二流子，长期脱离生产，好逸恶劳。逮住这样一个家伙，揍一顿，遭返原籍，多少也算功劳。

常敬最大的收获是有一年逮到了一个"女特务"。这姑娘身个很高，比我们班主任还俊，所差的只是没有大辫子。她与家里人赌气，跑到外面不回家，不知怎么游荡到了这片林子里，就被常敬逮住了。当时他是背了枪的，子弹上了膛，枪栓一扳，"女特务"立刻瘫了。

常敬自己审了两天，没审出什么，也没有押往公社武

描花的日子

装部。结果这个姑娘就在他家住下去,成了他现在的老婆。

说到常敬,村里人最佩服的还是他找老婆这件事,都说:"不服不行,有志不在身高,看看人家,真是人小能为大啊!"

我们都想亲眼见一见这个神奇的小矮人。想想看,那么小又那么有本事,还掌管武装,该多么有趣啊!同时我们又听说这人脾气越来越不好,打人骂人是常事,都有些害怕。不过越是害怕,就越是想见。

常敬后来被任命为"基干民兵营长",可以统管几个村子的民兵。每个村子的民兵算一个"连"或"排",几个村的民兵合到一起才算一个"营",整个"营"也就归了常敬。

每到了农闲时节,民兵营就要集中受训,各村民兵也就背上枪找常敬去了。他们被带往某个村子的大场院里,日夜操练。常敬这段时间是最忙的。结束操练后民兵各自回村,就像变了一个人,走路挺胸,两眼发尖,说话干脆。可惜这只能保持一个星期左右,也就变回原来那样说说笑笑了。

民兵介绍了不少训练场的事。他们说常敬这个人真了不得!想想看,上级就是有眼光,满街多少高个子啊,人家偏是不用，专用这个小矮人，为什么？答案不说自明，就是他凭了过人的本领。听听常敬喊口令吧，那不是人声，那是金属声，刚脆发亮，即便心里没有鬼的人听了也要一哆嗦！常敬打枪、摔跤，摸爬滚打样样超人一等。单讲摔跤这一项，全营都没有他的对手。

关于摔跤，村里人有不同的看法。他们说："这么多大人摔不过一个小人儿？我看是给他留脸面吧！"民兵马上摇头："可不是这样！常敬'下体'沉啊……"

"这是什么话？"大家都不明白了。

"是这样，人人都分'上体'和'下体'，"民兵伸手在腰部画了一下："腰以下是'下体'。咱一般人都是'上体'沉，而人家常敬是'下体'沉，沉得像石头。你们知道不倒翁吧？为什么扳倒了又站起来？就是因为'下体'沉。常敬就是这样，别人再有劲儿，哪怕将他举过头顶，只要扔到地上他就站得好好的。可是人的力气总有使尽的时候吧？到那时再瞧人家常敬，两眼虎生生的，想怎么折腾你就怎么折腾你！"

民兵的话让人服气，都说："老天爷，原来是这样。"

我们一心要见常敬。为了这个，我们甚至在星期天结

描花的日子

伴去过他的村子,结果还是扑了空。村里人一边说他去公社开会了,一边警惕地盯着我们。我们赶紧走开了。

在春夏交接的季节,林子里是最好玩的。这时鸟儿多,花儿多,各种动物都胡跑乱窜,它们高兴得直撒欢儿。地上蘑菇长出来,药材也不少。到了星期天,谁如果在家里待着就傻了。我们通常要在林子里玩一天,去海边看打鱼的,去河口看挖螃蟹的,去林场找看林人胡扯。

这天下午,我们几个追一只拳头大的小兔,刚进了一片橡树林就听到了古怪的声音。"扑哧""呼呼",是这样的大喘和屏气声。我们猫下腰往前凑,借着一丛丛灌木的遮挡靠近目标,最后终于看清了。

原来有两个人在空地上厮打,他们不说话或累得说不出话了,只加紧打斗。两人长得相差悬殊:一个又黑又高、膀大腰圆,像个铁汉;另一个矮矮的,顶多达到黑汉肚脐上边一点。黑汉一只手举起了小矮人,又抡又摔,可小矮人一落地总是站住了。

"矮的一准是常敬!"我们交头接耳,眼睛不离这两个人。

黑汉气坏了,越来越狠地折腾起这个小矮人,把他摔了几十次,踢了几十次,最后又想骑住搓揉:他把小矮人按紧了,骑上去捶头、打屁股、打腰;往上撩起来,再骑上去。这样重复了十来次,黑汉坐在小矮人背上,汗珠哗哗淌,仰脸大口喘着。再瞧小矮人,在胯下一声不响,像绝了气。我们都知道小矮人这次完了,不行了,心里可怜起他来,琢磨是不是上前求个情……

就在这时,正在大喘的黑汉突然嗷的一声从小矮人身上滑下来,脸上痛苦极了。他歪在地上,正要爬起,只见那个小矮人用光光的头顶狠力撞过去,又左右开弓往他脸上打拳,那拳头真是雨点一般。黑汉跟跟跄跄站起,还没等还击,小矮人又一次把他撞倒。这一回小矮人不是打他的脸,而是双拳飞舞打他的腰、小腹。黑汉连连后退,伸手遮护。小矮人并不停手,继续打了一番,然后一只膝盖压住对手,身子往一旁歪去——原来那儿放了一根绳子。

就在我们惊惧的目光下,小矮人将黑汉捆了个结结实实,这才站起来。他嫌脏似的拍拍手,绕着黑汉转了一圈,猛地大喝一声:

描花的日子

"立正！站好！"

黑汉在震耳欲聋的口令中浑身一抖，双脚并拢起来。

小矮人卡着腰盯着黑汉，喊道："我就想问问你，你想干点什么？"

黑汉的声音颤颤悠悠："我、我想去买鱼，顺路捡点蘑菇……"

小矮人哼一声，重复问："我就想问问你，你想干点什么？"

黑汉的回答与上次一样。

小矮人的声音更猛烈了，不过问的仍然与原来相同，一字不差。那个黑汉全身颤抖，缩得不成样子，连连求饶。小矮人极为不屑地瞥瞥他，咕哝道："这我不管——我就想问问你，你想干点什么？"

小矮人一边咕哝一边拽起绳子末端，牵住黑汉，往村子的方向慢慢走去了。

坠琴

园艺场南边的村子里有个拉坠琴的人。这人住在村边小土屋中,屋子四周有几棵大树,有土墙小院。他说拉就拉,早晨、晚上、凌晨,或者是大白天,说不定什么时候就拉起来。他的琴很响,如果顺着风,能传到很远的地方。听琴的人三三两两坐在大树下,一般不会进他的小院。

这个人叫"斜眼老二",四十多岁,脾气不好。但是他的琴拉得太好了,这在方圆几十里都是有名的。村里人都说:"'斜眼老二'的事真叫怪啊,谁也没听说他跟什么人拜过师,怎么就学会了拉琴呢?"

描花的日子

我们一听到琴响,就往小屋那儿跑。早有人坐在了大树下。大家听了一会儿,心里痒,就踩着人梯往里望。原来他坐在院里拉琴,这让我们看得清清楚楚:可能因为眼斜,他拉琴时一只眼盯着琴弦,一只眼看着我们。多大的一把琴啊!琴筒是铜的,上面蒙了蟒皮,有金色花纹。琴杆是紫色的,高过他的头顶,上面有两个大旋钮。

他的嘴绷成了一条线,全身颤抖,整个人激动得不成样子。这时琴声像唱又像哭,是女人的声音,谁听了都不能不动心。他后来大概透不过气来,终于放下了琴弓,大口喘气,喝水……一会儿又拿起琴弓,轻轻动了几下,那琴竟然像人一样说话了,不过嗓子比人尖亮:"小家伙从院墙下来——我要打人了——"

一句话说得分分明明,这是真的!可我们亲眼看见了,这话可不是"斜眼老二"说的,而是琴说出来的!大家赶紧从高处跳下来。

大树旁的老人抽烟,笑眯眯地说:"'老二'的琴像人一样,什么话都会说。有时还骂人哩!"

如果不是亲身经历,这事谁也不会信。我回家把这事告诉了外祖母,她说:"他有这本事。他老婆就是这么来的。"外祖母把事情从头说了一遍,让人更吃惊了。

原来"斜眼老二"三十多岁还没有老婆,连提亲的也没有。因为他的眼睛有毛病,又不会说巧话,大概只能一个人过日子了。那时他就开始拉琴了,在小院里拉,有时还到大树下拉。围着听的人不少,他谁也不理。

他一开始拉琴总是慢慢的,渐渐加快,最后快得让人头皮发紧。这样快一会儿,又特别特别慢下来。他使劲儿低头,琴弦上的手指不停地揉动、颤抖,那琴也就唱一会儿哭一会儿。这声音谁也受不了。有一个老人一边听一边端着茶碗喝水,最后实在忍不住了,就把手里的茶碗摔碎了!

这全是真的,不是传说。

"斜眼老二"如果在院内拉琴,拉得时间久了,不仅村里人会到大树下来,连林场、园艺场的人也来。最让人吃惊的是不少猫也来了,它们蹲在院墙上,蹲了一溜儿。猫是喜爱音乐的动物。

有一天"斜眼老二"提着琴来到大树下。来听琴的人不多,其中有个老太太领着女儿。拉了一会儿,那琴声里好

描花的日子

像时不时插进一句话,几个人都听清了,说的是:"'小水'真好。"

"小水"就是姑娘的名字。她害羞了,往老太太身上倚。

后来的日子里,小院里时常传出"小水"两个字,像是不停地喊她,但的确是琴声。这样几个月了,有一天小水气冲冲擂开了"斜眼老二"的门,指着他说:"我真想把你的琴砸了!"

她后来并没有砸琴,而是嫁给了拉琴的人。

老贫管

我们学校要有大喜事了。班主任、校长，所有人都兴冲冲的，他们忙前忙后写标语，指挥人打扫环境卫生，还让同学们穿得整齐一些、打起精神。原来"老贫管"要来了。

每个学校都要有一个老贫农或老工人来，代表村子或林场、园艺场管理学校，他们统称为"老贫管"。

同学们私下议论即将发生的这件事，都认为能做"老贫管"的肯定是非同一般的人，他必须祖上三代都穷，而且到现在还穷；不光要穷，还不能识一个字，也不能说书上的话；要打赤脚，脚上要有牛屎。

描花的日子

听说南边一个学校去了一个"老贫管",他就常常不穿鞋子,脚上踩了鸡粪、牛粪从不在意。

我们正在猜测将要到来的"老贫管",想不到这人说来就来——原来他不是别人,就是"黑汉腿"他爹,是喂牲口的饲养员。所有人都失望了,就连"黑汉腿"也不高兴,咕哝说:"他来干什么?"

学校开大会,放鞭炮,班主任领人呼口号:"向'老贫管'学习!向'老贫管'致敬!"校长讲话了,他说我们学校从今以后就大不一样了,我们有了"老贫管"。"黑汉腿"他爹笑嘻嘻看着老师和同学,就像看饲养棚里的牲口。散会后大家讨论:究竟是"老贫管"官大,还是校长官大?一时都说不准,意见很难统一。

"老贫管"究竟要干些什么?他平时也给大家上课吗?正这样想着,"黑汉腿"他爹真的一个班一个班走访了。他来到我们班时穿了一件翻毛羊皮大衣,这使人大失所望——这分明像地主,哪里还是贫农?

班主任让大家起立欢迎,说今后"老贫管"会常来班里,他要看看同学们学得好不好、遵守不遵守课堂纪律。"请'老贫管'给我们讲话！"班主任甩甩大辫子，提高了声音。

"黑汉腿"他爹从衣兜里掏出烟袋，想抽又觉得不妥，就插到了衣领那儿，大家笑了。他挨个儿瞥了一遍，说："都是前村后村孩子、林场园艺场孩子，不是外人。这么着，好好学，学好了接下咱革命的班儿。说实话，我扔下牲口棚来咱学校也不放心啊，有头花犍子眼看就要生小犊了……"

所有人都笑了。

他继续说："这头花犍子力气怪大，脾气倔，谁的话也不听，队长的话也不听，只听我的。半夜里我给它添草料，你猜怎么着？用头蹭我胸脯这儿，还舔衣襟哩！要不说牲口畜类啊，个个都通人性……我三五天没回牲口棚，昨个回去，嗬，花犍子一见我就哭了，这是真的，它流泪了……"

教室里一点声音都没有。所有人都被吸引住了。

我们真希望他再讲下去，讲多一点，可是他很快就煞住了话头。班主任带头鼓掌。

后来的日子"老贫管"又来过班里几次，在大家的要求下再次给我们"上课"。这一回讲了农田知识，具体说的是"西

描花的日子

瓜的种植"。我们都爱吃西瓜,可真的不知道种西瓜还有这么多讲究。比如说,无论一片土地多么肥沃,都不能连续栽种,而必须轮换着种,不然就不会结瓜了。他说到管理,特别是怎样看管成熟的西瓜:

"西瓜瓤儿一红麻烦就来了。咱这儿嘴馋的人真多!那些偷瓜贼趁着黑摸上来,躺在瓜垄里东瞅西瞅,冷不防抱起一个大西瓜就跑,谁能追得上?我制了一杆土枪,装满了火药,发现偷瓜的就开枪……"

大家发出"啊啊"的声音。

"老贫管"抽出烟袋点上,慢悠悠吸几口,说:"放心吧,咱是往天上放的。咱不能为一个西瓜杀一个人啊,是不是?"

班主任一直揪着自己的大辫子在听,这会儿松开辫子,热烈地鼓起掌来。

下篇

描花的日子

独眼歌手

常奇是我嫉妒的好朋友,因为他是最能唱歌的人,谁也比不上他。我是最早学会了简谱的人,所以非常骄傲。可是后来才发现,常奇唱歌从来不需要简谱。

他随便听人唱一遍就学会了。更可怕的是,他有时连听也不要听,随口就唱,见什么唱什么,唱什么都好听。村里人、林场和园艺场的人都迷上了他,都说:"天下还有这样的物件,真行!"因为常奇太瘦了,大家说:"能叫唤的鸟儿不长肉!"

常奇瘦得像竹竿,脖子细得像胳膊。我有时琢磨,他之所以唱起来又响又亮,主要就是因为这细细的脖子了。

这种特别的模样是天生的，所以到头来谁都拿他没办法。

平时常奇没人羡慕，因为太瘦，身上没劲儿，体育课、劳动课等全是最差的，学习成绩也是最后几名。可是一旦唱起歌来他就显出了本事，全班全校的人都得宠着他，连校长都张大嘴巴盯着他看。

学校常搞歌咏比赛，那时每个班都被拉到操场上，站成几排。这种比赛是我们班出大风头的时候，谁也别想赢我们。常奇站在头一排的中间，两眼湿漉漉的——这家伙真怪，一唱歌就这样，不过从来不掉泪，就是唱忆苦歌也不掉泪。老师为此很焦急，因为唱忆苦歌是需要哭的，常奇如果边唱边哭，那效果该有多好！可他就是哭不出来。班主任说："你努努力，加把劲儿，泪珠眼看就出来了！"

常奇就是不掉泪，老师拿他一点办法都没有。我们班的另外两个绝招就是打拍子的班主任、粗嗓子的"黑汉腿"。班主任当学生时据说就是文艺骨干，来到我们学校正愁没有用武之地呢！她指挥全班唱歌那才来劲，两手一参撒调动千军万马。那不是一般的打拍子，而是变着法儿来：独唱群唱、男女声对唱、轮唱……花样多了。再看她打拍子的

描花的日子

功夫，那本身就让人傻眼。

一开始她只用一只手打拍子，另一只手背在身后，一只手就把事办得利利索索。等到唱到激动处，另一只手才使上；到了最高潮时，那就不是两只手的问题了，而是连大辫子也甩起来了，这时候谁能抵挡我们？

"黑汉腿"这家伙平时干什么都不认真，唯独在集体荣誉面前寸土不让。他使足了全身力气从头吼到尾，声音粗得像牛。老师说："我们班幸亏有了他，不然这声音就不厚，就太尖亮了。"

常奇的嗓子不男不女，如果不见本人只听歌，谁也判断不出性别。他有时要独唱一段，只等老师一挥手，全班再接上。独唱是最关键的时刻，这时就全靠常奇了。可他好像全不费力似的，一双大眼湿漉漉的，不过唱出来的每个字都震得大家耳朵疼。

忆苦歌是常奇的弱项，因为他不掉泪。老师让最能哭的几个女同学站在他的两侧，这才多少弥补了缺陷。一场比赛唱下来，女同学的眼睛哭肿了，一多半的同学嗓子哑了，只有常奇像没有唱过一样，嗓音还像原来一样。

学校放假时,我们一帮人总在海边林子里转悠,采药、采蘑菇,逮几只小鸟,碰巧还能逮到别的什么大家伙。这年夏天由"黑汉腿"提议,每次出门都要叫上常奇。"黑汉腿"迷上了唱歌,所以也就喜欢常奇。其实"黑汉腿"除了嗓子粗能吼,哪有唱歌的本事!

我们在林子里的意外收获很多。有一次草丛里落下了一只大鸟,比大鹅还大,走路慢吞吞的,好像全不怕人。于是大家就想逮到它。"黑汉腿"用一根细细的尼龙网线做了扣子,结果就勒住了大鸟。大家抱住大鸟,叫它大宝。大宝一开始啊啊大叫,但不长时间就安稳下来。

常奇为大宝唱了好几支歌。它真的在听,一动不动地昂着头。

大宝的腿很粗,是黄色的,有脚蹼,可能会游泳。我们用一根粗绳小心地拴了它,牵它到河里,它果然有些高兴。我们还牵它到园艺场广场上玩,引来了一大群人,大家都惊喜得不得了。

大宝的事很快传遍了四周,于是麻烦就来了。我们知道嫉妒的人肯定会有,但不知哪些人会下狠手。林场和村子里

描花的日子

的几个坏孩子暗中联合起来,正计划抢走大宝,可惜我们一点消息都没得到,还像过去一样炫耀着,牵着它走来走去。它跟我们熟了,一点都不怕人,常奇唱歌时,它就拍打翅膀。

有一天我们牵着大宝去河边,躺在河沙上晒了一会儿太阳。常奇不停地唱,与天上的云雀比赛,让大宝兴奋得嘎嘎叫,除了拍打翅膀,还低头啄常奇的头发,常奇不得不使劲儿搂住它,但嘴里的歌一直没有停下来。

肯定是常奇的歌声暴露了我们的行踪。那些想抢走大宝的人就在半路上等我们,他们趴在沙岗上、大树后面,手里拿了棍子。可我们像没事人一样边唱边走,"黑汉腿"和我轮换牵着大宝。

在沙岗前,一个流着口水的小子卡着腰拦住大家,说:"喂,领头的听着,你们偷了俺家的大鹅,快把它还给我吧!"

"黑汉腿"看看大家,笑了。他回头问大宝:"你是鹅吗?"问过后,他又抬头喊:"它说了,它不是鹅,它是从关东山飞来的……"

沙岗前呼地一下站起十来个人,一点点往前凑,说:"偷鹅可不行!留下鹅,要不咱打人了!"

"黑汉腿"把大宝交给一个人,让他抱上快跑,然后捡起一根棍子,大骂着冲上去。所有人都鼓起了勇气,抓起什么跟上去。我这时什么都不想,只想保护大宝,只想跟他们拼。

"黑汉腿"太凶猛了,一个人抵得上好几个,挥舞着棍子,两只眼瞪得像牛。对方开始还想拼一下,后来见我们不要命了,吓得转身就跑。我们喊着往前追,常奇疯了一样挥舞着手里的棍子,一边追一边大声号唱。

那群坏家伙翻过沙岗,在离我们几十米远的地方站住了。他们每个人扳弯了一棵刺槐树,站成了一排。我们知道这种把戏:只要一靠近,他们就会一齐松手,这时刺槐树就借着弹力猛地扫向我们。"黑汉腿"看得清楚,他一摆手喊道:"停,别往前,快停!"

只有常奇一个人往前冲,边冲边用胳膊挡着脸,大声唱着。我们喊常奇,他根本听不见,只顾往前。

常奇冲到跟前,那些人猛地松开了刺槐树。不止一棵刺槐猛地拍到了常奇身上,他摇晃了一下,倒在地上。他紧紧捂着脸。

描花的日子

那群人呼啦啦跑开了。我们赶紧去救常奇。

常奇手指缝里流出了血。我们把他的手小心地挪开,这才发现血是从左眼流出的……我们抬起他往园艺场诊所跑去。

就这样,常奇的左眼毁掉了。他从那时起再也不唱歌了。

老师鼓励常奇继续唱,常奇总也不吭声。又到了每年一度的歌咏比赛了,老师劝他、哄他,领头唱着。老师唱了好一会儿,常奇才轻轻地随上。就这样,他重新唱歌了。

常奇的名声后来越来越大了,全公社,不,整个海边都知道,我们这儿有个独眼歌手,他的歌声天下无敌。

描花的日子

  这里一年四季都有让人高兴的事儿。春天花多鸟多，大蝴蝶多，特别是满海滩的洋槐花，密得像小山。夏天去海里游泳，进河逮鱼。秋天各种果子都熟了，园艺场里看果子的人和我们结了仇，是最有意思的日子。冬天冷死了，滴水成冰，大雪一下三天三夜，所有的路都封了。
  出不了门，一家人要围在一起。
  妈妈和外祖母要描花了。她们每年都在这个季节里做这个，这肯定是她们最高兴的时候。我发现父亲也很高兴，他让她们安心做，余下的事情全包揽下来。平时这些事他

描花的日子

是不做的,比如喂鸡等。他招呼我带上镐头和铁锹去屋后,费力地刨开冻土,挖出一些黑乎乎的木炭——这是春夏准备好的,只为了这个冬天。

父亲点好炭盆,又将一张白木桌搬到暖烘烘的炕上。猫在角落里睡了香甜的一觉,开始了没完没了的思考。外面天寒地冻,屋里这么暖和。这本身就是让人高兴的事、幸福的事。

妈妈和外祖母准备做她们最愿做的事——描花。她们从柜子里找出几张雪白的宣纸,又将五颜六色的墨搬出来。我和父亲站在一边,插不上手。过了一会儿,妈妈让我研墨。这墨散发出一种奇怪的香气。

外祖母把纸铺在木桌上,纸下还垫了一块旧毯子。她先在上面描出一截弯曲的、粗糙的树枝,然后就笑吟吟地看着妈妈。妈妈蘸了红颜色,在枯枝上画出一朵朵梅花。父亲说:"好。"

妈妈鼓励父亲画画看,父亲就画出了黑色的、长长的叶子,像韭菜或马兰草的叶片。外祖母过来端量了一会儿,说:"不像。不过起手这样也算不错了。"她接过父亲的笔，只几下就画出了一蓬叶子，又在中间用淡墨添上几簇花苞——我也看出来了，是兰草。我真佩服外祖母。

我也想画，不过不画草和花，那太难了。我画猫。猫脸并不难画，圆脸，两只耳朵，两撇儿胡子。可是我和父亲一样笨，也画得不像。父亲说："这可能是女人干的活儿。"

整整一天妈妈和外祖母都在画。她们除了画梅花和兰草，还画了竹子。父亲在一边看、评论，把他认为最好的挑出来。他说："这是你外祖父在世时教她们的，他不喜欢她俩出门，就说'在屋里画画吧'。可惜如今太忙了……我每年都备下最好的柳木炭。"

猫一直没有挪窝，它思考了一会儿，站起来研究这些画了。它在每一张画前都看了看，打个哈欠。可惜它趁我们不注意的时候踩到了红颜色上，然后又踩到了纸上。父亲赶紧把它抱开，但已经晚了，纸上还是留下了一个个红色的蹄印。父亲心疼那张纸，不停地叹气。

外祖母看了一会儿红色蹄印，突然拿起笔，在一旁画起了树枝。母亲把蹄印稍稍描了描，又添上几朵，一大幅梅花竟然成了！我高兴极了，我和父亲都想不到这一点：有着妈妈鼓励父亲画画看,父亲就画出了黑色的、长长的叶子,像韭菜或马兰草的叶片。外祖母过来端量了一会儿,说:"不像。不过起手这样也算不错了。"她接过父亲的笔,只几下就画出了一蓬叶子,又在中间用淡墨添上几簇花苞——我也看出来了,是兰草。我真佩服外祖母。

描花

装满了木头的船离了岸,直朝着那个小岛驶去。想不到大海深处这么蓝,这么好看。海鸥一路跟随我们嬉闹,看样子要一直护送到目的地。

描花的日子

五瓣的红色猫蹄本来就像梅花嘛!

就这样,猫和妈妈、外祖母一起,画了一幅最好的梅花。

游泳日

到了夏天，游泳是再平常不过的事了，我们总是背着家里人去河里、海里玩个痛快。家长不准孩子到水里去，他们害怕出事。但我们游过了不告诉他们，只说在林子里玩。可是有心计的家长会伸出指甲在孩子皮肤上挠一下，如果出现了一道白印，那就是下海了。

然后就是噼噼啪啪打孩子。

有了这样的经验，以后我们从海里上岸后，就到河里游一会儿。从河里出来后，指甲就挠不出白印了。

但是，夏天的某一天是一定要游泳的。到了这一天，

描花的日子

校长和老师带队,全校都要去海里游泳。因为这一天是为了纪念伟大领袖畅游长江,是全国的游泳日,谁都得游。那些不会游泳的人一定来自离海较远的村子,或者是女同学——她们平时学习好、骄傲,到了这一天全泄气了。

我们一直想不明白的是,为什么不会游泳的同学往往学习都好?

但是,他们在游泳日是神气不起来的。我们这些水性好的人耀武扬威地在海边走,对做示范动作的老师睬都不睬。我们班主任刚学会游泳,她穿了漂亮的游泳衣,坐在沙滩上认真听讲,像个好学生。她那根大辫子静静地垂在后背,让我想到了猫的大尾巴。

我的同桌叫桂庆,因为不会游泳而焦急万分,还没等下水就比画起来,大伙都笑。他穿了长裤,怎么也不脱,估计里边没有穿短裤。我十分同情桂庆,想把短裤脱给他,与他轮换下海。可桂庆不同意。

校长在下海前讲了话,让所有同学听从指挥,一个盯一个,千万不要走失,不要出事。水性好的老师游在最前边,在那里阻拦所有的冒险者。校长最后说了这次游泳的伟大意义,说我们这些人,就是要到大风大浪里锻炼自己。

我和"黑汉腿"长时间跟在班主任后边,想找机会帮她。她一年到头教导我们,这一天倒过来,我们教她吧。"黑汉腿"为了教得快一些,竟然两手扯住了老师的腿,一下一下分分合合,教她蹬水,结果差点把老师呛死。班主任吐了不少水,"黑汉腿"吓坏了。老师上岸休息了一会儿,再次下海时我们就小心多了。"黑汉腿"为老师保驾护航,离得稍远一点,只一手牵住了长长的辫子。这办法真好,又安全又不碍事。结果我们老师一会儿就游得好多了。

游泳这种事怪极了,总是饿肚子。我们不停地上岸喝水吃东西,吃饱了再下水。校长只穿一条短裤,和大家一样,一点架子都没有。他有一次上岸吃东西,刚吃了几口就喊:"看见桂庆没有?"

我们立刻转脸找人。找不到,人太多。我们喊起来,没有回答。大家慌了。校长伸出一根手指,边跑边喊:"桂庆!桂庆!你听到了吗?"

所有人都不吭声,只有校长一个人跑着喊着。

描花的日子

桂庆不见了。班主任第一个哭出来。校长沉着脸,命令大家手拉手在海里走,像拉网一样……走啊走啊,突然有人惊呼一声,弯腰扑到水里……真的找到了桂庆,他已经没有呼吸了,湿淋淋地被捞上来,身上穿了那条长长的黑裤。

我在游泳日里失去了同桌。

粉房

园艺场里有一个神秘的地方,那就是粉房。这是做粉丝的大作坊,里面一天到晚雾气腾腾,人来人往。有人不断从里面推出一车车刚做好的粉丝,一直推到远处的沙滩上,那儿有一群女工支起架子晒粉丝。粉房门口有块大牌子,上面写了"闲人免进"。我们这些"闲人"心里非常焦急。人们说粉房是天底下最大的,只要钻进去就出不来了。

看门的是一个麻脸老头,愿意喝酒,我们就从家里偷了半瓶酒给他,他放我们进去了。

粉房里最大的权威是"师傅",这个人是从山里请来的,

描花的日子

姓丁,一天到晚不说话。园艺场和村子都知道这个人,说这家伙做粉丝的本事天下第一,这里的所有人都要归他指挥。粉丝是绿豆做成的,但是从绿豆变成粉丝,不知要经过多少关口。磨绿豆、发酵,最后做成粉丝,任何一个关口出了问题,都是粉房的大灾难。

老丁不说话,一天到晚像猫一样思考问题。粉房需要思考的问题太多了。

我们进去后先找老丁。问了不知多少人,才知道他在一个小屋里。推门一看,原来是个五六十岁的老头,盘腿坐在炕上,闭着眼,果然在思考。我们在炕下站了一会儿,又轻轻爬上炕,想就近看清楚一些。

老丁眉毛很长,脸上有一些斑。他手里抓紧了一杆烟锅,没有吸。他的两只大脚上穿了白布袜子,而不是一般的针织袜子。这让人想起了一个老和尚。真的像啊,剃了光头。

他听到了声音,睁眼看看我们,又闭上了。我们挨近看了一会儿,没有看出什么,就蹑手蹑脚离开了。

不远处隆隆响,原来那儿有一排大磨,大极了。拉磨的全是老黄牛,它们一声不吭走着,偶尔用那双大眼瞥瞥我们。大磨前坐了一个人，他手持木勺，按时往磨眼上倒一勺绿豆。

磨房连接的屋子有一串水池，还有一串埋进地里的大缸。这些水池分别是浅绿色、深绿色和蓝色。在池边巡逻的人穿了高筒胶靴，十分神气。他们做个手势，让我们离水池远一点。

无数大大小小的屋子连在一起，使人不辨东南西北，百分之百要迷路。到处都漫着水汽，许多屋子大白天还要点上煤油汽灯。哗哗的流水声、咣当咣当的击打声，还有不知从什么地方传来的说笑声，让人一时不知往哪里走。后来我们干脆钻进汽雾中胡窜起来。

在一个黑洞洞的小屋中，有个头上缠了黑布的中年人正在吭哧吭哧劈木头，一摞摞劈好的木头就码在一边。旁边一扇铁门哐一声被打开，原来是一个熊熊燃烧的大炉膛，他抱起木头就往炉膛里扔。这儿烤得人无法站立，我们赶紧跑开了。

从小屋刚出来，迎面遇到一个手腕上捆了皮条的人，他抱胸叉腿站在前边，见到我们就像猫见到了耗子，胡子一夯就要扑上来。我们赶紧往另一个方向跑，跑啊跑啊，好不

描花的日子

容易才甩开了那个可怕的家,却不知怎么钻到了一间有落地窗的大房子里。这儿通明瓦亮,一大群人正弓着腰转圈,男男女女说说笑笑。

我们小心翼翼地往前,走到近前才发现:这些人全都斜穿衣服,将一条胳膊露在外边,大半截手臂插进了大缸中——那是雪白的面糊,散发出又酸又甜的气味。这些人合着一种节奏,不紧不慢地搅动大缸里的东西,缓缓地围着大缸转圈。这真是有趣,我们看得出神了。男男女女回头看我们,笑,议论,并不停止干活。

正看得起劲儿,不远处传来了粗声粗气的喝斥,好像是冲我们来的。我们只得再次跑开。到处都是水泥地,都是水,所以只要一跑就踢得水花四溅。跑着跑着,前边传来哐当哐当的击打声,还伴着唉、唉的呼叫。我们站了一会儿,然后小心地走过去。

老天,原来这里才是最重要的地方啊!瞧!长长的粉丝就是从这儿变出来的。长长的大屋子里一溜排开三组人马:一口大铁锅,里面是沸滚的水;锅的上方立了高高的木架,上面坐了一个挥拳的大汉,他不停地呼叫,一边叫一边狠狠击打一个有无数洞眼的铁桶，里面就流出细细的粉丝，它们缓缓落进热腾腾的锅里；一个人伸出长长的大竹筷子，不停地将粉丝拨到一旁的冷水缸里；几个姑娘飞快地用竹竿串起缸里的粉丝，唰唰地挂到木架上……这都是一环扣一环的，他们干得欢快、紧张，根本顾不上理我们。

我们站在这儿看了许久。

天很晚了，可大家还是不想离开。我们在相连的过道和房间中窜着，只要是看过的地方就忽略过去，只在新地方停留。旮旮旯旯太多了，大概花上一整天都看不完。在一个屋子里，有人将一个大面团似的东西用粗布兜起来，然后吊到了高处。我们问为什么要吊起面团，那人哼一声："比面团宝贵多了，淀粉！"

"淀粉"又是一种什么粉？它可以吃吗？看看那人凶巴巴的样子，谁也不敢再问。

我们饿着肚子拐来拐去，不知怎么走到了一间烟味很大的屋子，进去一看，原来是一个老太太在烧火。灶里的火把她的脸映成了铜色，她大半时间低头看火，看了一会儿突然慌张起来，伸出火棍急急地从灶里扒着、扒出几个

描花的日子

黄黄的东西。

一股浓浓的香气弥漫开来。我们往前凑,还以为她在烤红薯呢,仔细看了才知道是烤大馒头——馒头做成了长条形,烤得半煳,中间开花了。"哎呀,好香!"我们喊起来。老太太害怕地往门外看了看,将大馒头推进了一旁的茅草中藏了。

我们一时不想走。老太太咕哝:"馋猫啊!"她从茅草中扒出一个,掰开,递给我们。掰去焦糊的部分,咬咬白瓤,这才觉得不像馒头——艮艮的,越嚼越香。"真好吃啊大婶,这是什么?"

"淀粉!"

原来这就是淀粉啊!原来它可以烧了吃!"啊啊,'淀粉'真好吃,大婶……"我们嚷着。

老太太虎着脸说:"悄声吃吧,吃了就走,别张扬!"

我们捂着嘴离开了。

去粉房玩真是难忘。我们以后肯定还会去。那个地方太复杂了,迷路,还有手腕上扎皮条的警卫……就在我们犹豫什么时候再去时,粉房里发生了一件天大的事。

起因是那一串大水池子出了麻烦，原来那就是发酵池，它们飘出了怪味儿。师傅老丁通宵不睡，一连几天指挥抢救，结果全都失败了。

　　老丁关在小屋里思考了一天一夜，第二天早晨停止思考，起身去了茅厕。

　　因为他在茅厕里待得时间太长，看门的麻脸觉得不对，进去一看，老丁上吊了。

　　粉房停工了，所有人都急着抢救老丁。老丁好不容易才活过来。

描花的日子

说给星星

　　这儿的夏天最热,所以这儿的冬天最冷,反过来也是一样。这是海边老人说的。老人什么都知道,地下的事、天上的事,他们都一清二楚。

　　到了夏天,我们全家每天都要在屋外度过上半夜,除非下雨,从不改变。晚饭后我们扛着麦秸做成的大凉席,一起往屋子西边走去,那儿有几棵大杨树,树下有一片洁白的沙子,我们就在沙子上铺开凉席。

　　为了防蚊虫,要在旁边点起一根艾草火绳,这样可以一直闻着艾草的香气。我们仰躺看天,瞅星星:它们大大小小,疏疏密密，摆成了各种形状。关于星星的故事，父亲知道得不多，母亲知道一些，外祖母知道得最多。

外祖母指指点点，说哪些星星是牛，哪些星星是熊，还有蛇和龙；除了动物，还有武器，比如扔出的飞梭、手持的刀戟和盾牌。还有猎人、男人和女人。天上有一条大河，许多故事都发生在大河两岸。

外祖母知道的故事真多，不过一直讲下去也会讲完的。剩下的时间由父亲讲地上的事情，母亲在一旁补充。这些也有说完的时候。当他们都无话可说的那会儿，我就盯着满天的星星说了起来。我信口胡编一些故事，流利地、滔滔不绝地说下去。

他们听了一会儿，见我一直不间断地说着，都坐起来看我。我只看星星，脑子里全是关于它们的一些句子、一些故事。奇怪的是所有句子都排成了长队，等着从口中飞出来，我连想都来不及想。我可以一口气说上一个钟头、两个钟头，嘴里从不打一个磕绊。

父亲终于忍不住了，"咦"了一声，拍拍我说："停！"我停下来。

描花的日子

父亲问:"你这些话是从哪里来的?"

我如实说:"它们就在嘴里,我一张嘴它们就出来了。"

"不是你编出来的?"

"不是。它们原来就有,我不过是说出来——刚说一句,下一句就出来了。这是真的。"

父亲看看母亲。母亲拍着我问:"孩子,你是什么时候有了这样的本事?"我想了想,想不出。我并不觉得这是什么本事,也不知道从什么时候开始,只是一张嘴,就不停不歇地讲起来。

他们问不出,就躺下了。外祖母不知是鼓励我还是批评他们,说:"孩子讲吧,讲累了就停下歇着。"

一点都不累。我盯着明亮的星星,心里愉快极了。我又讲了起来。一串串故事相连一起,又各自独立,所有的这些都需要说给星星听。我这样讲啊讲啊,一直讲到半夜。

第二个夜晚还是照旧,全家人都听着——我原来有这么多话要说给满天的星星。这种事儿令我上瘾。我做得毫不费劲,连一些从来不用的词儿也吐出来了,事后想一想连自己都觉得奇怪。

父亲和母亲有一天小声商量着什么。他们对我说:"你不要对别人说你有这个本领。"我说:"这不是什么本领啊!"父亲板起脸说:"这是本领。不过自己知道就可以了,不要告诉别人。"

我一直没有理解父亲的话。我真的不觉得这是什么"本领"。不过我从来没有对他人提起这些夜晚的事。

一个个夏天过去了,我仍旧时不时地面对星星说个不停。大约是十六岁的这一年吧,也许是十七岁,反正是这一年夏天的某个夜晚,当我再次面对星星诉说时,突然打起了磕绊。我不得不停下来——每一个句子都要好好想一番才能说得出。我紧张地坐起来,不再吭声。

父亲问:"你怎么了?"

我摇摇头:"我……不能说了。我说不出了……"

父亲拍拍我,让我放松:"不要焦急,先躺一会儿,歇一下,也许是累了。待一会儿再试,也许……"

我躺下看着星星。这样过了许久,还是说不出。我脑海里空空荡荡。

从那个夜晚之后,我再也没有了绵绵不断、一直诉说

描花的日子

下去的能力。它就这样失去了。这是真的，这十分奇怪啊。

岛上人家

　　海里有一个小岛,只要天晴它就清清楚楚,一座座小屋、一棵棵树都看得见。站在海边长时间望着,想着岛上的事情,心都飞过去了。可是我们谁也没有到岛上去过。我总是幻想:如果将来有机会登上那座小岛该多好啊!我不知道是一些什么人住在那儿,他们和我们一样吗?

　　家里人也没有去过小岛,他们也讲不明白岛上的情形。外祖母说以前有个岛上人来过这边,是来买苹果的:"岛上除了鱼多,别的东西就不多了,所以他们常过来背回一些苹果。那边的孩子见了苹果就高兴,一人只分一个。"

描花的日子

我心里越发好奇了。我想如果有一天能到岛上去，一定会带上许多苹果。

就因为海边没有通往海岛的客轮，所以两边来往的人很少。岛上人要来这边，只好驾打鱼的船过来，而且要等风平浪静才行。据说从海边到小岛的这片大水中藏了一条"海沟"——就是海中的大河，它流得太急了，没有最好的驾船技术，谁也过不了这条大河。

父亲听我不止一次说起小岛，就咕哝道："我非去不可。这辈子不登一次小岛可不行。"他的话让我高兴极了，我知道他不会一个人去的。

谁也想不到机会说来就来。这个夏天放假的第一个星期，父亲说林场里让他跟一条大船往岛上送木头——同去的还有几个人。我高兴坏了，马上嚷着要去。父亲很作难，说这事还得和领头的商量。妈妈看看我，问谁是领头的。父亲说："红胡子。"我们都认识这个长了棕红色络腮胡子的人，觉得这事大概不难。

"红胡子"真的同意带上我。临行前我想起了外祖母的话，到园艺场买了一篮苹果。

装满了木头的船离了岸,直朝着那个小岛驶去。想不到大海深处这么蓝、这么好看。海鸥一路跟随我们嬉闹,看样子要一直护送到目的地。"红胡子"站在船头喝酒,一会儿又向海里撒尿。他高声大喊:"老天,瞧这家伙!"我们几个人听到喊声赶忙跑到船头,看到有几只燕子似的鸟儿从水中钻出,箭一样射到远方。"红胡子"指点着喊:"看到了吧,这是'飞鱼'!"

我生来第一次看到"飞鱼",有些激动。"红胡子"要灌我一口酒,父亲阻止了他。这条水路比看上去更长,那个小岛总也走不到。大船一直平稳地向前,海里没有一朵浪花。

大约花了一个多小时,船靠岸了。啊,全是一色的海草小屋,屋墙是黑色石头垒成的。一些人早就等在岸边,他们与"红胡子"打着招呼,要登船卸货。一条宽宽的木板搭到船舷,有人上来,有人下去。父亲把我小心地领下船,又反身回船干活。

因为卸船比较慢,到了下午才把一切收拾好。岛上人把一些杂七杂八的东西装到船上,天已经有些晚。岛上人要我们过一夜再走,"红胡子"一点头,把我高兴坏了。

描花的日子

岛上人让我们分开住进几户人家。我和父亲住在一位大婶家里,她男人出门打鱼去了,只和女儿在家。小姑娘比我小一岁,叫香香。我把一篮苹果给了她们,她们高兴得合不上嘴。大婶抓起一个苹果嗅一嗅,递给女儿说:"咱岛上一棵苹果树也没有。香香快谢大哥哥。"

晚饭吃了煎鱼和玉米饼。父亲吃得很多,我也一样。太好吃了。饭后又端上一大碗凉粉,原来是一种海草做成的。一会儿"红胡子"就过来串门了,喷着酒气说:"这么好的鱼,没有酒多可惜!"大婶看着我,说:"这孩子第一回来岛上,看那个高兴劲儿。反正放假了,就让他在家住几天吧,孩子他爹三两天回来,去对岸时捎上就是!"

我激动得一颗心噗噗跳,只等着父亲开口。"红胡子"拍着父亲的肩膀说:"这还不是小菜一碟?"

我留在了岛上。这是做梦也想不到的美事。父亲临行前一遍遍叮嘱,又对主人家说了一堆感谢的话。

我远远看着运木头的大船开走了,就兴奋地跳了一下。香香拍着手说:"想不想去礁上?"我听不明白,但马上就点头了。

原来"礁上"就是海岛东部的一片石头,伸在海里,上面有一座高高的灯塔。香香说:"天一黑它就亮了,一闪一闪,告诉海里的船,这里是俺的岛。"我仰望白色的灯塔,无比神往。香香告诉我,看灯塔的是一位老人,七十岁了,就住在下边的小屋中,他时不时登上十几层高的灯塔,为它擦玻璃、换电池。

我和香香绕着海岛转了一圈,花了大约一个小时。在海边的一片石头那儿,香香顺手捉了两只大螃蟹。我也像她那样翻动石块,却看到了一个浑身是刺的黑东西,它慢慢地活动着。香香喊:"哟,海参呢,这东西可有营养了,我们这儿都说:'小孩吃了鼻子流血,大人吃了身上长蹄'……"

她的话让我糊涂:"'长蹄'?像牲口那样长出一只蹄子?"香香哈哈大笑:"不是,肯定不是。大概是说吃了有劲儿,像牲口一样能干活吧!"

我们将螃蟹和海参带回家。晚餐时我和香香每人吃了一只螃蟹。大婶吃了那只海参,说:"我不怕'长蹄',我吃。"

我在岛上住了三天。这三天比三十天还有意义。大婶每天夜里给我讲岛上海上的故事,这和对岸的故事全不一

描花的日子

样。香香白天领我到海边,一起采海螺和牡蛎。我们三天来采的所有海螺和牡蛎都养在缸里。

第四天打鱼的男人回来了。正好这一天他要去对岸,就将我捎上了。临走时大婶把我装苹果的篮子塞满了海螺和牡蛎。香香不说话,眼睛湿了。我也想哭,但哭不出。我对香香说:"明年夏天我一定送苹果来。"她说:"嗯呢。"

从海岛回来以后,我就是见过世面的人了。同学们争先恐后向我打听岛上的事情,我很骄傲。

大水

　　下大雨的时候多好啊,不停地下,屋檐的水像瓢泼一样。除了大雨的声音,什么响动都没有了。林场、园艺场、村子,所有人都躲在家里,站在窗前看大雨:远远近近都在水雾中,都在老天爷的大喷壶底下。这比喻是外祖母说出来的,真好。

　　可是当大雨一连下了三天的时候,全家人都害怕了。这三天雨水急一阵缓一阵,最后是更猛的浇泼:"哗哗——哇哇——"像某种大动物的嚎叫声。"这雨什么时候才能停啊,老天爷?老天爷发脾气了。"外祖母盯着窗外的雨,小声咕哝着。从早晨开始,我们全家人一直站在窗前。

下大雨的时候多好啊,不停地下,屋檐的水像瓢泼一样。除了大雨的声音,什么响动都没有了。林场园艺场、村子,所有人都躲在家里,站在窗前看大雨:远远近近都在水雾中,都在老天爷的大喷壶底下。这比喻是外祖母说出来的,真好。

就像和这场大雨较劲一样,外祖母在锅里堆满了好吃的东西:芋头红薯和蔓菁,空隙里放了泥碗,里面有咸鱼;在杂七杂八的吃物上方,还做了一个个玉米饼。灶里的火点旺了。今天烧的是大块的木柴,因为这一大锅东西需要好好蒸煮。

描花的日子

第四天雨停了,天还阴着。偶尔还有小雨落下。第五天、第六天都是这样,雨并没有走远。

因为我们家住在林场旁边,是地势较高的沙岭,所以开始并不知道大雨的后果。当我在雨停后踏过院子的积水,一直走出去时,立刻吓了一跳。

原来无边的原野成了一片大海,庄稼地不见了,大树泡在水里,远处的村庄像一条条船紧挨在一起。狗在遥远的地方叫着,有气无力。看不到鸟,看不到任何动物。它们肯定是逃走了。

我们一家被大水困了好几天。妈妈说我们家幸亏积存了一点玉米面和芋头、红薯,不然非饿肚子不可。就像和这场大雨较劲一样,外祖母在锅里堆满了好吃的东西:芋头、红薯和蔓菁,空隙里放了泥碗,里面有咸鱼;在杂七杂八的吃物上方,还做了一个个玉米饼。灶里的火点旺了。今天烧的是大块的木柴,因为这一大锅东西需要好好蒸煮。

父亲一直在院外忙着。他将屋子南部筑起了一道草泥矮墙,并且在墙外掘了一条小渠,将逼近的水引到远处。原来就在我们暗暗庆幸大雨停息的这几天里,原野上的大水不仅没有一丝消退,反而变得更加盛大了,它们竟然涨了许多,父亲在一棵树上做的标记已经被覆盖了。

妈妈和父亲一起干活,我也加入进来。妈妈说:"我们的小屋没有石头根脚,大水泡上三天非垮不可。"她的声音里透着害怕。父亲一声不吭,眉头紧锁。他用力挥动铁锨的样子告诉我们:绝不允许大水泡垮小屋。

我们干了半天,院子南部的水不再紧逼了。父亲拄着锨遥望远处说:"大概是上游的水库决堤了,河道满了,要不才不会这样。"妈妈也同意父亲的看法。

果然不出所料。几天后一些背枪的人、穿了蓑衣的人从村子和林场转过来,手打眼罩四处看了一会儿,又进了我们家。他们对父亲说:"快出工去吧,正加紧排水。南边水库决堤了……"我们这一带离海不远,照理说是不会被淹的。可是因为水来得太多太猛,原有的河道和水渠都不够用;更要命的是,一连许多年没有这样的大水了,河口和渠头都被沙子淤塞了。这些道理都是妈妈和外祖母讲的。

她们不让我出门,说大水漫成这样,什么危险都会发生,在家里吧,在家吃大蔓菁。

描花的日子

  大蔓菁平时吃不到,它像馒头那么大,圆圆的白白的,谁也想不到就长在地里。它蒸熟了就像大馒头一样,还有微微烤煳的痕迹。咬一口大蔓菁,又香又甜。

  吃过半个大蔓菁人就饱了,最后还想出门。已经好几天不见同学了,他们一定像我一样困在屋里。不过我想"黑汉腿"这家伙不会那么老实,他的水性好,人也皮实,说不定早就跑出去了。

  又过了几天,大水消退了一半,庄稼露出了秸秆。父亲说,这些作物泡过这些天,全都不中用了。

  太阳又变得热辣辣的了,各种鸟、各种走兽都出动了。野地里有了奇怪的鸟叫,外祖母侧耳听了听说:"这是大水鸟,只有发大水它们才出来。"有的叫声连她也没听过,就说:"那大约是新生出的什么,水一大,没见过的动物就会爬出来,就是这么怪。"

  父亲每天和排水队干一整天,回家时会捎来几条大鱼。这是干活的收获,那些大鱼突然多起来,人们顺手就能逮住它们。家里有了鲜鱼的味道,这真是好极了。妈妈说:"吃上这样的大鱼容易吗?这是用满泊的好庄稼换来的啊!"

是啊，不过大鱼真好吃。

水进一步消退，同学们纷纷出动了。他们来约我，妈妈没有办法只得放行，但反复强调不要下水。我保证不下水，可是大鱼的红翅在水里闪烁，像金子一样耀眼，不下水怎么忍得住？

我们在河汊里、水渠里捉鱼，大鱼小鱼全要，弄得浑身污泥。我们逮的鱼可真多，除了拿回家之外，还送给校长和老师。

校长和老师一个劲儿批评我们不该冒险下水，但始终笑得合不上嘴。他们欢天喜地地埋怨，让大家觉得受到了表扬，所以第二天干得更起劲了。我们照旧送给校长和老师大鱼。

那场大雨让整个海边换了一个世界，直到两年以后还能见到一处处水湾。村里老人说，这是因为天上的水和地底的水接起来了，两种水握了手，"水力"就大了。这使我们明白：万物都有"力"，这"力"有增有减、有强有弱。

在突然变得强大起来的"水力"中，只要是水生植物就高兴，比如那些水蓼长得旺盛极了，一眼望去全是粉红色的

在突然变得强大起来的"水力"中，只要是水生植物就高兴，比如那些水蓼长得旺盛极了，一眼望去全是粉红色的水蓼花。水鸟真多，连从未见过的金翅鸟也出现了。捉鱼的人多，田边地头小路，随处可见手提鱼网的人。

春天满海滩的洋槐花都开了，它们白天让太阳晒了一天，夜晚就在月光下使劲播散香气。这香气把所有村庄都灌满，让全村的人不再安份。平时天一黑就要睡觉的老头子们失眠了，提着裤子出门，一边系着腰带一边盯着月亮咕哝。一群群孩子在街道上嘟嘟跑，老头子们吆喝起来，认为就是这群孩子惹得他们无法入睡。

描花的日子

水蓼花。水鸟真多,连从未见过的金翅鸟也出现了。捉鱼的人多,田边地头小路,随处可见手提渔网的人。

一群群孩子趴在水湾里,他们从小戏水,已经和鱼差不多。村里人这样称呼他们:一群小水孩儿。

月光

最不能忘的是月光。只要是海边的人就忘不了它,别的地方咱不敢说。因为海边地场开阔,一望无际,什么也掩不住挡不住,它可以随意铺开,照得浑天浑地一片黄灿灿亮堂堂。大月亮天里,谁还会待在家里?

一年四季都有好月光,什么月光派什么用场。比如冬天滴水成冰,大月亮天里我们会去南边村子里打架,在巷子里跑得浑身冒汗。那样的夜晚真棒,孩子们会组成不同的队伍,各有领头的,一个命令发出,战斗人员纷纷埋伏,有的钻进马车底下,有的趴在矮墙头上,有的钻进草垛里,

描花的日子

还有的贴紧了牲口伏紧。对方做梦也想不到这边的兵力会这样布署，不等着挨揍才怪。

大雪一连半月不化，雪球就成为最好的武器。敌人一旦出现，雪球箭一样射去。大股敌人逃得没了影，只逮住几个散兵游勇，教训他们的办法就是把雪球硬塞进衣领。他们像烫着了一样，单腿蹦着跑开，一边跑一边骂人。

夏天的月亮天要去海边找看渔铺的老人，这些老人在月亮刚出来的时候就开始喝酒，撂下酒瓶就胡说。月亮地里听一些鬼怪故事最吓人，实在吓得受不了就钻到海里。我们在等海妖，她们常常趁着月光出海。

海边上所有的老人都是我们的朋友。他们讲故事给我听，我们就偷西瓜给他们吃。他们越吃越馋，怂恿我们去园艺场偷樱桃和杏子、去田里偷青玉米和花生红薯。东西偷来了，老人和我们分吃果实，然后动手煮东西，抓一大把盐撒进锅里。

我们每人喝一点酒，坐在铺前看海滩的热闹：像水一样的月光在远处草叶上浸了一层，许多小动物都出来了。那个像拳头大的东西是沙鼠；一挪一挪半滚半爬的是大刺猸；有什么扑啦啦从高处下来，那是猫头鹰；有个黄黄的家伙悄没声地一颠一颠地跑过来，越跑越快，那是狐狸……

秋天我最爱去的地方当然是园艺场。各种果子都熟了，香味顶人的鼻子。看园人装模作样背了枪，其实里面没有子弹——这是老场长下的命令，因为看园人个个脾气坏，见了偷果子的人真的会开枪，所以只让他们背空枪。这些人狡猾无比，白天睡觉晚上守夜，披一件破大衣趴在树杈上，等鱼上钩。

我们对付看园人有很多办法。先伏在地上看清楚，明晃晃的月光下如果不见黑影，那么他们就是藏在树上了。这是最让人头疼的事。我们会分成两帮，有人故意在园子一边弄出些动静，把看园人从树上引下来，另一边再动手。摘了一大包桃子和苹果，撒腿就往林场跑。我们总是在大橡树那儿会合，痛痛快快享受一番。

春天满海滩的洋槐花都开了，它们白天让太阳晒了一天，夜晚就在月光下使劲儿播散香气。这香气把所有村庄都灌满，让全村的人不再安分。平时天一黑就要睡觉的老头子们失眠了，提着裤子出门，一边系着腰带一边盯着月

描花的日子

亮咕哝。一群群孩子在街道上嗵嗵跑,老头子们吆喝起来,认为就是这群孩子惹得他们无法入睡。

槐花的香味大约要笼罩二十多天,其中有半个多月是最浓的。这样的日子当然是以玩为主,一到夜晚,村里人东一簇西一簇,迟迟不愿回家。我们在街上窜了一会儿觉得没意思,就会一口气窜出村子,跑进海滩,到一大团一大团的槐花跟前。

花开到了最盛的时候,一球球坠下来,树枝都快压折了。一些小飞虫也舍不得这么好的花期、这么好的月光,它们正忙碌不停。

有一天晚上我们一群正在海滩上玩,因为玩得太久,肚子咕咕响,就揪着槐花吃起来。吃饱了肚子躺在热乎乎的草地上,看着大飞蛾从眼前飘来飘去……这时都听到了脚步声和说话声,循着树隙找人,看到一男一女两个人——男的背着手,女的不停地甩辫子。

原来是校长和我们班主任。

我们都有些害怕,虽然什么坏事也没做。心嗵嗵跳,没有办法,在这种地方见到他们,好像犯了错误似的。我第一个从草地上跳起来,立正站好。

校长和班主任吓了一跳。他们踉跄了一步,看清是我,就说:"哦。"

我嗓子有些不对劲儿,吭吭哧哧:"我们,并不是总这样的……我们主要是在家里写作业……"

几个同学也站起来,不好意思地挠着头,不敢看校长和班主任。

校长背着手踱了两步,说:"适当的休息还是必要的。我们备课累了,这不也出来散步了吗?这月亮多好,槐花多好……"

他们扯了几句,让我们注意安全等等,就往回走了。

我们一直注视着他们的背影,直到再也看不见。大家重新欢快起来,胡乱揪几把槐花填到嘴里,在树隙里奔跑,大声喊着:

"这月亮多好,槐花多好……"

描花的日子

名医

    有一段时间我立志要做医生，而且很快觉得自己是一个医生了。这事起因比较复杂，虽然能找到具体的缘由，但说实话，我觉得自己天生就该是个医生。

    一个人要做什么，一般都因为接受了别人的影响。我生病的时候妈妈就带我去看病，最常去的当然是园艺场门诊部。可是有时候怎么也治不好，比如咳个不停、皮肤上生了发痒的红疙瘩等等，妈妈就会领我过河，去河西一个大村子里找一位名医。

    名医的名字很怪，不像人名，叫"由由夺"。大家都这样叫，也就没人觉得不对。后来我独自揣摩他的名字，觉得奇怪。也许名医才配有这样的怪名吧。反正由由夺是海边最有名的医生，他绝不像园艺场门诊部那样量体温、打针，给一包包的药片，而是用另一种方法。妈妈说："这就是'中医'。"

由由夺总是先让我伸出舌头，看一会儿，又让我伸出胳膊，用三根手指按住手腕。我趁这工夫看清了他的手：指甲圆鼓鼓的，比一般人长，但是很干净。我相信自己的全部秘密都被这只手给探去了，什么也别想瞒过他。

我们从这儿取走一小袋粉末、一瓶黑乎乎的药水，还有三包草药。看看妈妈欢天喜地的样子，我知道自己的病好了。

回家后，我按由由夺的叮嘱吃药擦药，第一天好了一半，第二天全好了，第三天好上加好。这不是名医又是什么？这个神奇的人就在河西，是谁也不能怀疑的事实。

我大约被由由夺治好了十几次病。

外祖母由河西名医说到了另一个人，他就是过世的外祖父。外祖母不太说他，因为害怕自己想得厉害，就使劲儿压到心底。可是这次她实在忍不住了，说："要是你外祖父

描花的日子

在多好,他也是远近闻名的名医啊,这点小病对他不算什么,唉!你外祖父……"

妈妈也叹息,说:"咱家没人接下他的手艺,真是……"

妈妈抹起了眼睛,外祖母没有。外祖母很少掉泪——妈妈说外祖母"眼硬"。

就在那些日子里,我认为自己应该是一个医生。我暗暗思考这个问题,并没有告诉家里人。奇怪的是我最先想到的不是找人拜师,不是学习医书,而是觉得自己差不多已经是个医生了。

我思考了大约五六天,然后就决定当一个医生。从此以后我就以医生的眼光看待周围的一切,也以一个医生的身份要求自己了。我对所有生病的人都特别关心,不止一次陪感冒的同学去门诊部。我对他们说:"得病了最好找名医,实在不行了就去河西。"

由由夺这个名字不少人知道。我发现园艺场和村子的人也去河西。我对同学们说:"我其实就是一个医生,不过不想告诉别人,也希望你们为我保密。"他们瞪大了眼睛。我们一起到林子深处,在一块隐蔽的空地上谈论秘密。他们最急于知道事情的来龙去脉,因为从我严肃的表情上看,这绝对不是玩笑。

我直率地告诉他们,我的外祖父就是一位名医。

"啊,原来是这样!那后来又怎么样?""二九"恍然大悟地问。

"后来,"我抿抿嘴,"后来我也做了医生。"

"可是没见你给人看过病呀!"旁边的同学像是焦急,又像是埋怨。

我眯上眼睛看看远处,点点头说:"会的。"我接着给他们一一号了脉,又看了舌苔。"我有什么病啊?"他们胆虚虚地问。我说:"还没有很重的病,不过以后也许会有的,发烧、咳嗽,这些总会有的。"他们张大了嘴巴看着我,问:"那怎么办?你会治吗?"我摇头又点头:"当然会。不过在我上学这一段时间,他们是不会让我开药的。我给你们看了,你们还得去门诊部拿药。"

同学们很是惋惜。

我再次嘱咐他们为我保密,大家就分手了。

我自制了一个小药箱,把家里所有的药片、碘酒和紫

描花的日子

药水之类的都装进去。我上次得病没有喝完的一小包草药也收在了里面。由由夺用来抹皮肤的黑药水很像某种草木烧成的,这就是草药。我把自己最喜欢的几种野花研成了粉末,又把一些根茎烧成了灰,分别装在了小瓶中。

有一天我的食指被蜂子蜇了一下,又痛又痒,就用自制的药水抹了。两天之后手指好多了。这使我信心倍增。还有一天我的脚被碰痛了,照例也抹上药水,结果当天就不痛了。我觉得自己的医生生涯就这样开始了,于是去林子里总是不忘背上药箱。

大家被荆棘扎了、不小心碰了哪儿,过去都不会在乎,现在就不同了,有了医生,自然个个都变得娇气了。"黑汉腿"也许是故意的,刚玩了一会儿就被槐刺扎破了手,一边大叫一边跑过来上药包扎。另有一个女同学被百刺毛虫蜇过,差不多要哭了。我安慰她,号过脉看过舌苔,用野花根烧成的炭水给她细细地搽了三遍。她马上笑了,说:"这药真管用。"

世上的事情就是这样,越是需要保密的事情越是容易走漏。就在一切顺利的时候,麻烦事就来了。先是外祖母把我的药箱没收了,接着又是父亲不无严厉的训斥。他说:"胡闹！这是乱来的吗？"我心里的委屈太大了，但又觉得一时说不清。我只想对父亲大声说明：我已经是个医生了。

最让人难堪的是后来班主任找我谈话了。她说："咱们谈谈你当医生的事吧……有这种志向是好的，但这要毕业以后、经过专门的培养。你先把功课学好吧。"

就这样，一位名医被扼杀在了摇篮之中。

描花的日子

战蜂巢

在海边生活,勇敢是最重要的。这里祖祖辈辈都崇尚勇敢,有讲不完的故事。最勇敢的人都生活在很久以前,听村里老人说,这一带出过徒手杀狼的人;还有人去河里游泳,被一条恶龙缠住了,他火气上来,一顿拳脚打死了恶龙。勇士们有名有姓,想不信都不行。

现在的人是胆小鬼,天黑了都不敢出门。好在海滩林子里没有了凶猛的野兽,也不再需要那么多勇士。我们现在时常想念那些大个头的凶猛野物,可惜它们全被老一辈的勇士杀光了。就凭这一点也可以断定,过去的那个时代里勇敢的人实在太多了。在学校,在许多场合,更不要说书上了,总是号召大家"勤劳勇敢"——"勤劳"好说,"勇敢"可就难办了。

我们一伙人在海边林子里游荡,总想"勇敢"起来。爬到很高的树上往下跳、赤着脚穿过荆棘丛生的灌木林,这些都干过。在伸手不见五指的黑夜,只要腰上别一把木头手枪,我们就敢到最密的林子里。海上捕鱼的头儿人人都怕,追打我们是常事,大家就鼓起劲儿对付他。我们设法把他的烟斗偷走并扔进海里;往他的酒瓶里放了两只辣椒;最后还狠狠心,把一只排球那么大的刺猬拴在了他的被窝里⋯⋯

林子里最可怕的是遇到大个儿的蜂巢,它悬在枝头,上面爬满了大马蜂,看一眼都让人心跳。我们只要遇到蜂巢,一定会轻手轻脚地绕开走。可是近来一段时间我见了蜂巢手就发痒。有一天又见到这样的蜂巢了,大家吸一口气赶快躲开——我却偏偏凑近了看,看了一会儿对他们说:

"我要把它打下来。"

大家都说我吹牛。有的说:"那得穿上厚厚的棉衣,再

描花的日子

把脸和手罩起来。"有的说:"你要用火烧?林子里是不准点火的。"我说:"我只用一根棍子就行。"

那时我什么都不想,只想两个字:勇敢。我找了一根又粗又长的棍子,在手里掂了掂,让大家到远一些的地方藏起来。大家吓得大气不喘,赶紧跑开了。刚跑开一会儿,又有人追在我身后喊:"喂,算了吧,马蜂会把人蜇死的——以前真有人被它们蜇死……"

我这时不由得站下来,头皮有些发紧。我想起了以前林场发生的事情:一位老工人不小心碰到了一个马蜂窝,结果活活被蜇昏了,送到医院都没有救活!可我怎么办?这会儿就扔了棍子?那可不成。我咬紧牙关,继续往前走。我说自己不光不怕,还要为那个老工人报仇呢。

追我的人逃开了,钻到了远处的灌木丛中。

我站在蜂巢下看了看,觉得那是一颗随时都会爆炸的大地雷。它黑黑的模样也像地雷。我又回头看看他们,发现所有人都在远处隐蔽了,其中的几个正好奇地伸出头往这边看呢。我不再迟疑,一只胳膊蒙住头脸,另一只胳膊狠狠挥棍,只几下就打掉了蜂巢。

遮天蔽日的马蜂扑向我。我夺路而逃,迅速倒在一片沙地上滚动,两手扑打,并寻机钻入一丛灌木下边……我不知被蜇了多少次,已经来不及疼痛,只是搏斗。我两耳灌满了马蜂的嗡嗡声。

不知过了多久我才敢睁眼去看:灌木上方只有零星的马蜂在飞。我钻出了灌木,喊着:"快出来吧,胆小鬼们!"

大家都从角落里爬出。他们迅速围上我。

"哎呀,瞧这里、这里!"

"脑瓜和脸都蜇了……痛吗?"

我这才感到阵阵难忍的痒痛。可我没哼一声。我对他们说:"没什么!我要为那个老工人报仇!"

"哎呀,那会儿马蜂滚成球,你跑哪儿它们都紧紧跟上,我还以为这一下完了……"

"你跑得真快,幸亏在沙子上滚,要不……"

他们还在惊虚虚地议论。

我痛得难忍,只想快些回家。有人提议到门诊部看一下,我拒绝了。我说自己一点都不在乎。

回家后外祖母吓坏了。她没来得及问什么,就从一个旮

描花的日子

兜里找出了药水给我涂抹。共有七处蜇伤,三处在脸上,两处在头发中,脖子和胳膊各一处。这药水凉凉的,但仍然无法抵挡火一样的伤痛。我说:"我最恨马蜂了。它有一年蜇死了一个林场老工人。可我不怕,我把它打下来了。"

外祖母叹气,一边抹药一边说:"马蜂过自己的日子,只要不招惹它们就不伤人。蜂巢是它们的房子,要花多少辛苦才建起来。你毁了它们的家……"

我低头忍住,一声不吭。

尽管我的脸肿得像南瓜,但疼痛已经减轻了许多。第二天上学校,老师和同学们一片惊讶,都问这是怎么回事,我只说不小心被马蜂蜇了。

我的脸一直肿了好几天。不过疼痛越来越轻了。这几天里只有一件事是让人高兴的,就是上体育课打篮球时我变得空前厉害了,原因是当我运球时,那些过来阻拦的人一看我肿得变形的脸就忍不住笑,大概还有点害怕——反正他们全都走神了,谁也拦不住我。

事后有的同学告诉我:"你自己都不知道,你一边拍球一边盯着我,那模样要多吓人有多吓人啊。"

笼中鸟

　　林场老人养了鸟,一只只大鸟笼挂在树上。他们坐在一旁,一边听鸟唱歌一边下棋,还要提防我们——只要我们挨近了鸟笼,他们就吹胡子瞪眼。可是那些鸟总是把我们吸引过去。

　　它们有的叫画眉,有的叫黄雀,都能唱,看样子在竹笼里待得不错,有吃有喝,在架子上蹲一会儿,又到笼底的细沙上打个滚。这些会唱歌的鸟都是从集市上买来的,鸟笼也是。

　　我们到集市上找过,发现鸟市上鸟儿多极了,最多的

描花的日子

是画眉和黄雀,还有黑八哥,这家伙会说"你好"之类。有一只黑八哥还会说"真烦人"。鸟市上有小鹦鹉、百灵,另有一些叫不上名字的鸟。鸟笼大大小小,比鸟还贵。我们转了一圈才明白:除了林场老头们,大概没有谁会买得起它们。

从鸟市回来我有些沮丧。大家商量动手做鸟笼,只要有了鸟笼,找一只鸟大概是不难的。我们弄来一些竹片和柳条,不知费了多少功夫才做成一个,最后却发现没有留门,无法将小鸟放进或拿出。

总算有了一个大鸟笼,却不像正规的鸟笼那样是穿插镶制的,而是用细铁丝和麻线扎成的。好在它足够结实。

去哪儿弄鸟?最方便的是逮几只麻雀。夜间用手电照到屋檐下的麻雀,它傻傻地转头,就是不飞,被我们乖乖地捉住,塞进鸟笼里。可惜它们不会唱歌,还特别爱生气,水米不进,眼看活不了几天。没有办法,我们只好放开它们。

后来又逮来燕子、蝙蝠,都不吃东西。有个同学不知从哪儿搞来一只大鸟,真够大,灰翅膀,大圆脸,头顶上还有两只耳朵。"老天,这不是猫头鹰吗?这家伙能养吗?"我端量着,特别喜欢它的眼睛,这眼睛真亮啊。同学说:"试试看,它不生气也不怕人,大概能行。"

我们商量着轮流饲养,每人一星期,食物大家提供。猫头鹰吃肉,最爱吃老鼠。我们积极捕鼠,猫捕到了老鼠也一定夺下来。

最先将鸟笼提回家的是"黑汉腿"。他多么高兴啊,可是刚过了一天就哭丧着脸提回了鸟笼,说:"俺爸要揍死我。"

"为什么?"

"俺爸说它叫得难听,半夜叫起来,村里会死人的。"

我听了有些害怕。看看笼里的猫头鹰,发现它安安静静,一双大眼亮闪闪的。这么好的鸟谁也没招惹,怎么会让村里人那么讨厌和害怕?我们家离村子远,那就一直养在我们家好了。

大鸟笼挂在小院的杏树上。猫很快盯上了它,盯了一会儿就爬上树,不时将爪子伸进笼中。猫头鹰急急蹿跳。我喝斥猫:"你老实点!你太不懂事了!你长了翅膀不就是它吗?你嫉妒人家会飞!"猫抿着嘴,瞥瞥鸟笼,显然不想罢休。

为了防猫,我将杏树上系了一根铁丝,将另一端拴在一个木柱上,在铁丝中间悬挂了鸟笼。这一下猫没了主意,

描花的日子

只有张望的份儿了。

全家人在鸟笼跟前看着,都是欣喜的模样。外祖母甚至喂了它一小片肉。晚上,吃饱喝足的猫头鹰不再安分,在笼里扑动,让我一夜都没睡好。第二天晚上仍旧如此,不同的是它终于叫起来了。那声音古怪极了,让人听了头皮发紧。我听见父亲和母亲都醒来了。又待了一会儿,外祖母点亮了屋里的灯。

天亮了。父亲把我叫到一边,小声商量说:"孩子,咱怎么办?这鸟倒是不错,不过它一叫,你外祖母就点上灯坐着,再也不睡了。"

我不吭声。我心里明白,这里遇到的问题和"黑汉腿"那儿是一样的。事情明摆着,好像别无选择。

这一天我和同学们商量了一下,把笼中的大鸟放了。

打铁的人

比起林场和园艺场，更不要说旁边的五七干校了，论好玩和有趣都比村子里差得多。比如经常在村里窜的焊洋铁壶的、修钟表的、磨剪子戗菜刀的、打铁的……这些人从不到别的地方去。

他们是干什么营生的，一进村子都知道了：如果一阵嘶哑低沉的号角响起，那就是焊洋铁壶的来了；修钟表的人敲铜板，叮叮当当；磨刀剪的一进村就扯开嗓子大喊；只有打铁的没声没响住下，忙着垒灶生火。他们一来就不是一两天的事，所以也就不急着宣布了。

描花的日子

所有的营生都好看,有时甚至不差于看电影。这真是神秘的手艺,而且谁家都离不开。比如钟表坏了,不修能行吗?铁壶漏了,不让人焊能行吗?

钟表家家有,如果没有,除了老人谁也没法知道时间。老人看看日头就明白处于一天中的什么时候,晚上看星星也行。最神奇的是有时看一眼树,也大致能知道一点时间。外祖母在锅里做玉米饼,点上火后就看看门口的树,过一会儿再出门看几眼,说一声"熟了",掀开锅盖总是香喷喷的。我对妈妈说过这种怪事,她说外祖母看的是树的影子。

钟表坏了就等于时间坏了,得赶紧修理。每家都有一架钟表摆在柜子上,可是它坏了时,钟表匠就得把它打开。老天爷,那么多大大小小的齿轮,谁看了都得眼花!我们一伙最爱看的就是修钟表了,从头盯住每一个细节。我觉得全世界最大的科学都在钟表中,弄懂了它的运转,其他的再也难不倒人了。

钟表师傅将这里戳戳,那里拧拧,点一滴油,伸手拨弄几下——所有齿轮突然转动起来,一把小而又小的锤子就咚咚地敲起来——这是世上最动听的声音了,让人听了心醉。

焊洋铁壶和磨刀剪也是了不起的手艺。焊匠手持一把小小的烙铁，烧得通红，然后在什么油膏上沾一下，又在一块发青的铁块上摩擦一小会儿，一个珍珠似的东西颤颤悠悠挂上烙铁，又飞快在铁片上一抹，铁片就被焊住了。至于戗刀，那得有多好的家伙啊，同样是铁做的，一块铁就能把另一块铁一层层削下来！"为什么菜刀是铁，就怕另一块铁呀？"这是我们总要发问的问题。戗刀师傅回答："因为这是'戗子'。"这等于什么都没说。可见凡是秘密，要打听出一点真难。

不过说来说去还是打铁最耐看。因为这是一伙人，住上几天不走，我们还能钻进他们的铺子里玩。究竟住上多少天，那要看村子里的活儿多不多。记得有一次这伙打铁的一口气住了二十多天，那是因为秋收快到了，每家每户都要锻一两把镢头和镰刀。

打铁的装束和常人不同，他们一色黑衣蓝衣，干活热了脱下来，里面还有一件套头的衫子。平头，黑脸，红眼——这是火眼金睛，这种眼与别人不同，能看清煤火里的铁。这和烧红薯差不多，烧不熟就不软，就没法咬。咬铁的不

描花的日子

是嘴巴，是锤子。

他们干活时扎一块黄布油裙，有时脚上也扎一块。通红的铁块夹到砧子上，一锤下去火花四溅，一团团落到脚上，冒着白烟。这些人最少需要三人合伙才成：拉风箱的、抡大锤的、掌小锤的。谁的锤子小谁就是老大，人人都得听从老大。那个风箱是最大号的，我们试着拉过，拉不动。拉风箱那个人胳膊粗粗的，膀子上有棱子肉。他们个个力气忒大，不说话，只干活。

看他们吃饭最有意思：烧铁的灶也用来煮饭，上面放个小锅就成了。他们永远只吃同一种饭，就是"玉米鳖"。这种食物好像只有打铁人才吃。

"玉米鳖"的做法简单极了：和好一盆玉米面，等锅里的水开了，就往里投杏子大的面团，一边用勺子搅着，一会儿就熟了。他们蹲在地上吃饭，吃得可香了。

我们一直站在旁边看，看到吃"玉米鳖"就馋起来。那香味总往心里钻。后来我们终于能够尝一碗了。吃过这种食物之后，我们觉得全身都是力气，什么都不怕了。这使我们明白打铁的人为什么那么厉害，原来靠吃"玉米鳖"啊！

铁砧旁有一间草棚,是玉米秸搭的。地上铺了厚厚的麦草,又软又暖和。这让人一下想到了海边的渔铺,那也是好玩的地方。这两种地方的最大不同,是一个发腥,一个有着浓浓的煤火气。

草铺不大,躺下很挤。我们紧挨着他们,他们就咕哝:"小孩子身上三把火,烤得人不行哩。"我们逗他们讲故事,知道这些人走南闯北,故事一定多得不得了。可惜他们话不多,说不出什么。打铁人最大的毛病就是没有故事。

但他们会做"玉米鳖",还能将最难对付的铁块变成器具。有人提来一根铁棍、一把生锈的门闩,让他们做成锄头或镰刀。他们拿在手里掂一掂说:"成。"有人提来一串废铁轮子,他们接过去一看说:"这个不成,这是'生铁'。"原来铁也有"生"有"熟",像苹果一样。我们问:"烧一烧不就成了熟的?"他们不屑于回答,嘴里发出哧的一声。

将一根铁棍变成镰刀,整个过程真不简单。光做成镰刀的模样还不行,还要"加钢"——"钢"是更硬的一种铁,就放在一旁,烧红了截下一点,加到镰刀刃子那儿。这样镰刀才会锋利。

描花的日子

我们一连看了几天,有了一个大主意,各自从家里找了一些废铁提过去。等四周的人散去时,我们就对打铁的人说:"给做一支枪吧。"拉风箱的看看老大:"这活儿不能接吧?"老大停下手里的小锤,瞥瞥说:"有什么不能接的!不过得先找来一截枪筒,没它可做不成。"

我们很想像民兵那样背一支枪,可惜这希望总也没有实现。

打人夜

　　如果演电影的许久不来,大家就盼啊盼啊,却盼来了忆苦会。听忆苦会也不错,不过还是没有看电影好。如果遇到忆苦能手就好了,可惜最好的忆苦人都被外地请走了,剩下的不过是从周围的村子请来的,这些人受苦本来就不多,嘴又笨,从头听下来也没什么意思。

　　比忆苦会好些的是"辩论会",这样的会一年里顶多一两次。说不定哪个村子有了需要辩论的事,就把全村人召到场院上,挂上大煤油汽灯。上次听的辩论会比看电影还有趣——村里有人娶了一个媳妇,她不听话,一不高兴

描花的日子

就跑回娘家,村里头儿就说:"辩论辩论。"

小媳妇长得不高,有点胖。她站在台上,几个人轮番上台与她辩论。刚开始小媳妇嘴头利索,把上台的人辩得张口结舌。村领导一拍桌子说:"让她男人上来,我就不信辩不过她!"男人年纪比她大多了,头上还有块秃斑,站在台上抓耳挠腮,红着脸。村领导在台下大声鼓励:"不用怕,全村老少爷们给你做主!"

男人开口说话时不敢看媳妇,气哼哼地说:"她!她!哼,有白面不吃黑面,有黑面不吃窝头……让我说她什么好?"

我们几个同学站在一块儿,这时都同情那个男的了。原来小媳妇太馋了。

小媳妇打断男人的话:"你怎么不说说自己?一到半夜就胳肢人,睡过囫囵觉吗?这谁受得了?"她的话一出口,台下的老婆婆们大声议论起来:

"这就是做男人的不对了!"

"该怎么说怎么说,睡不好心里烦,白天干活净打盹儿!"

我们正听着,有人喘着挤过来了,原来是我们的班主任。

她也出门听会了,我们十分高兴。

可惜这么好的辩论会太少了。所有的会中,要数"打人会"最可怕了,这样的会虽然不多,但参加一次害怕一次。家里人不让我们去看这样的会,只是我们忍不住。

有人提前好多天就得知了消息,小声传递:"南边那个村要打人了!"问打什么人,他们说不知道。被打的人一般都是地主富农或他们的亲戚,再不就是另有毛病的人。

"打人会"不常开,因为最见效力,只要一个人被打了,许多年都是老实的。我们班有个同学原来特别活泼,什么事都逗能,后来突然不愿说话了,原来他爸前不久被打了。

"打人会"既让人害怕又让人兴奋。女同学去会场的不多,只有班干部去。班主任鼓励她们:"不经风雨见世面怎么能行?勇敢点,挺起胸膛!"班主任的胸膛总是挺着,校长就夸奖她:"说得好!就该这样!"

又是一个打人夜。我们吃过晚饭早早上路,穿过两个村庄,来到那个开会的村子。村子不大,但场院不小,还有一个垒起的高台。台子很讲究,有立柱,有挂煤油汽灯的横杆。我们赶到时人已经很多了,估计外村也来了不少人。

描花的日子

最引人注目的是民兵,他们全副武装,背枪站在台子两边。还有民兵在场上巡逻,警惕地盯着所有人。大家都不敢大声讲话。

一个身披黄大衣的老太太出现了,她在台前站了片刻,有民兵跑来,弯腰请示什么。原来这就是村领导。那件黄大衣使她看上去十分威风。她看着场上的人,好像挨个看了一遍。"把人押上来!"她大声命令。

有人领头呼起了口号。我们也跟上喊,这是必须的。在震人的口号声中,有两个民兵架着一个中年人,飞一样从一侧冲上了台子,一上台就将那人狠狠地按住了。那个人低了一会儿头,又硬硬地抬起,好像要看清下边的人。我们旁边有人说:"这个人不老实啊,欠揍!"

这样的会刚开始总让人糊涂,弄不清被打的人到底有哪些罪行,但只要开到一半就清楚了,觉得这人实在该打。今天被打的是一个"好吃懒做"的家伙,不老老实实下地干活,竟然背上一个帆布包串乡耍艺,挨家挨户修理石磨——每家都有一个磨粮食的石磨,每隔一段时间就要用钎子凿一遍,这需要专门的手艺人干。可是这个人是冒充的,只为了逃避劳动,为了吃人家的好饭。

他串村走户,到处喊"修理钝磨哎",有人把他请回家,好酒好菜伺候着,再让他糟蹋好生生的石磨。那时买这样一个石磨价钱可不贱。他根本没学过这个手艺,只用一把锤子叮叮当当敲个不停——坏就坏在偏偏巧了,他一锤子下去,那石磨咚的一声碎成了两半。他吓得脸色煞白,收起东西就逃了。

这家伙胆子多大!世上竟有这样的事。同时我们又一次明白:有些人就该按时打一打,不然这世界肯定乱套了。

在开打之前总要控诉一番。人们轮番上台列举新罪行,批判旧罪行,越说越气,最后往那人跟前凑一凑,狠狠一跺脚说:"我恨不得打你个半死!"那人吓得身上一哆嗦。

控诉揭发得差不多了,正事才算开始。披黄大衣的老太太卡着腰喊道:"大伙说说,这个人怎么办?"台下一片混乱。有个嗓门高高的人说:"绑起来呀!绑起来呀!"老太太的声音压过了所有人:"给我把他绑起来!"

两个民兵手提绳子上台。这种事我们见多了,所以并不害怕。绑人也是一种手艺——把绳子往脖子上一搭,做

描花的日子

个活扣,轻轻一揪,被绑的人就张大嘴巴喊:"太紧了太紧了,我得喘气啊!"

绑起来后,民兵就手持皮带分列两旁,骂一句,啪一声抽在屁股上。被打的人呼天抢地,说:"我再也不敢了,不敢了。"民兵等他喊完,再抽一皮带。

打屁股这种事大家都挨过,这会儿肯定都在回忆。我也被父亲揍过,那的确是我的错。屁股多倒霉啊,无论谁有了错、也无论是什么错,都得揍它。

"你到底错在哪儿?从头交代!"民兵大喊。台下的人也喊:"你是净拣不痛不痒的说,揍得轻了!……你以为就这么过关了?想好事去吧!"

被打的人求饶声越来越低。今夜差不多也就这样了。正这样想,突然那个老太太又到了台前,气呼呼说了一会儿,猛地把黄大衣扔在地上,喊道:"给我吊起来呀!"

几个民兵呼呼跑上台去,从横杆上甩下一根绳子,麻利地拴到那个人身上,一边大叫一边往上拉。那个人缩成了圆球……民兵跳着去抽他的屁股:"我叫你坏!我叫你坏!"

我们吓坏了。

吊人的时间很短,只有十几分钟。会很快结束了。我们这才明白:这个打人夜故意结束在高潮处。这样的会真不多见。

描花的日子

杀

我们成立了一支小小的队伍，一共有十多人，由林场、园艺场及附近村子的孩子组成。"黑汉腿"是领头的，后来又加上我。自从我打掉了一个马蜂窝之后，许多人都佩服我了。

大家一块儿到海滩、去河口，常常会遇到很多事情，没有一个领头的不行。比如天黑了，马上回去还是继续留下，总得有人决断。去园艺场偷苹果、到鱼铺里吃鱼、找看林子的老头玩，都要由我和"黑汉腿"决定。那一天我们和邻村的一群孩子在海滩上遇见，结果有了一场恶斗，重伤一位。

从那天起每人都准备了一件武器，它们分别是弹弓、矛枪、鞭子和长棍。有人不知从哪儿找来一把生锈的宝剑，我就挂在了腰上。宝剑磨得亮闪闪的，锋利无比。我很得意，心里盼着有什么事情发生。

一只狐狸追赶一只小兔，我伸出宝剑指一下说："杀！"大家呼叫着追去，狐狸立刻改变方向，逃得无影无踪。

一只眼睛发红的大癞蛤蟆盯着飞舞的蝴蝶，伸出舌头就把它卷进了嘴里。我大喊一声："杀！"立刻有人举起铁铲，把癞蛤蟆铲除了。

一只不大的鹰追赶小鸟，我举起宝剑怒喝："杀！"身背弹弓的人接连射击。

一条蛇游出来，我说："杀！"一只蜥蜴从沙坡上下来，我说："杀！"一个花蜘蛛蹲在网子中央，我说："杀！"

这一天大约遇到了几十种狡猾的、丑陋的坏动物，它们都在"杀"字中浑身发抖，或立刻毙命，或落荒而逃。

回到家里，外祖母惊讶地看着我挎在腰上的宝剑，问是哪来的，我没有直接回答，只告诉她："这是一把真正的宝剑！它杀死了许多坏家伙——我一见到就喊'杀'！"

描花的日子

外祖母的脸色阴沉下来。她盯着我。我把脸转向一边。外祖母把宝剑取下,放到了一边,叹口气说:"孩子,再也不要碰它!不要伤害任何动物,也不要说一个'杀'字……"

"可是,它们都……很坏!"

"它们有它们的日子。孩子,你想过没有?它们像人一样,只有一次生命——它们只活一次……"

外祖母难过得说不下去。

桃仁和酒

有一天我和外祖母在家，有个五十多岁的男人拍拍门进来，笑嘻嘻问："有桃仁吗？"我听明白了，就从屋子旮旯里找出一小捧干桃核，它们是我吃桃子时随手扔下的。那个人赶紧接过去，高高兴兴蹲在地上，一刻不停地砸开，急急地嚼一嚼咽下肚。他抹抹嘴说："真好。"

我们都觉得这个人很怪。后来我又在园艺场和南边的小村里遇到了这个人，见他仍旧到处找桃仁吃，脸色红红的，好像喝了酒。他们说这个人叫启祥，是附近村里的，这几年得了一种怪病，不喝酒、吃桃仁就不行，家里已经被他喝空了。

描花的日子

外祖母说:"苦桃仁有毒,吃多了要死人的。"

无论是林场、园艺场还是周围的村子,都知道启祥离了桃仁和酒不行,给他桃仁和酒就是救他,不给就会早早死掉。

为了挽救他,可怜他,村里人见了桃仁就收起来放好,专等他上门取。我从桃林里找到了一些新旧桃核,把没有发黑的拣出来,等那个人来取。

启祥一天到晚什么都不干,只在各处转悠,见了人就问:"有桃仁吗?"后来人们见了他,不等开口就递过一把桃仁。

父亲的腿冬天受了风寒,河西的医生给他开了一罐药酒。有一天他正喝酒治病,想不到启祥来了,老远就吸着鼻子说:"有酒,有酒。"父亲倒了一杯给他,他一仰脖子喝光了,又转脸向我要桃仁。

"这个人哪,把四周的桃仁吃光了,酒也接不上的时候,大概也就完了。多可怜,老天爷为什么让人得这种怪病!"外祖母望着那人的背影说。

据说启祥被河西的名医看过,号了脉看了舌苔,就是看不出一点毛病。

结果启祥只得四处找桃仁和酒,一天到晚为这个奔忙。

为了让他活得更久一些,村里人把所能找到的桃仁全收拢起来,都留给了他。

可是这么多桃仁还没有吃完,就发生了一件怪事。有一天启祥照旧在街上摇摇晃晃,带着酒气找桃仁,突然脚底一绊就栽倒了。他趴在地上吐起来,吐出了那么多酒和桃仁。这样哇哇吐着,路过的人就围上来。启祥吐啊吐啊,最后吐出了一条手指长的小扁鱼,浑身杏红色。它像蜥蜴一样活动,两只眼睛凶凶的。大家就把它砸死了。

启祥从地上爬起来,擦擦嘴,像刚刚睡醒。他反身往回走去,步子很稳。有人捧出一把桃仁递给他,他连忙摆手说:"不吃了。"

就从那天开始,启祥闻到酒味就厌恶,听到"桃仁"两字就不舒服。

大家终于明白了:原来这些年来不是启祥在喝酒吃桃仁,而是那只红色的怪物,是它在肚子里逼人讨要:"有酒吗?有桃仁吗?"这样的怪事如果不是亲眼所见,谁说我也不会相信的。